Über den Autor

Mag. Roman Kellner, geboren 1969 in Wien, verhört, verspricht, verschreibt und verliest sich in einem fort. Daran haben auch diverse Ausbildungen (Studium der Ethnologie, Universitätslehrgang zum Umweltberater, Ausbildung zum Magazinjournalisten) nichts ändern können. Seit 1999 als Chefredakteur des Mitgliedermagazins ACT bei Greenpeace tätig. Seit ewig mit der Sprachwissenschafterin und Kulturmanagerin Elisabeth Gräf liiert, was generell, aber vor allem für das 16. Kapitel kein Nachteil war. Wenn es nicht anders kommt, werden die nächsten beiden Bücher scheinbar individuelle Essgewohnheiten und Dinge des Alltags, die nicht funktionieren, behandeln.

www.diekeulquappen.at

Roman Kellner

Von Eisbärsalat bis Knöchelverzeichnis

Die besten Verhörer der deutschen Sprache

Mit Illustrationen
von Janosch A. Slama

UEBERREUTER

ISBN 3-8000-7120-7

Covergestaltung: verlagsbüro wien / Andrea Mignon

Druck: Druckerei Theiss GmbH, A-9431 St. Stefan i. L.
3 5 7 6 4 2

Ueberreuter im Internet: www.ueberreuter.at

Inhalt

Am Anfang war das Wort, am Ende heißt es etwas anderes
VORWORT

»Die meisten Missverständnisse auf Erden beruhen auf sprachlichen Missverständnissen.«
Michel Eyquem de Montaigne, Die Essais

»Du schreibst ein Buch? Toll, worum geht es?«

»Um Verhörer.«

Schweigen. Stirnrunzeln. Der konzentrierte Blick scheint zu fragen: »Habe ich mich jetzt verhört?« Erst ein paar Beispiele bringen Klarheit. Weg ist das Bild von den bösen Männern, die aus gefesselten Gefangenen die letzten Informationen herauspressen. »Ah, Verhörer!«

Ja, Versprecher, davon hat man gehört, aber Verhörer, davon spricht niemand. Und das ist schade. Denn sie sind allgegenwärtig, äußerst unterhaltsam und sie betreffen jeden von uns. Wer hat sich denn nicht gewundert, dass die dritte Symphonie des altehrwürdigen Ludwig van Beethoven ausgerechnet »Erotica« heißt (statt Eroica)? Und wer hat Udo Lindenbergs Sonderzug nicht nach »Bangkok« fahren lassen (statt »nach Pankow«)? Schlagen Sie das Buch an einer beliebigen Seite auf: Die den Verhörern innewohnende Logik, ihre unglaubliche Kreativität und ihr grenzenloser Sprachwitz werden Sie packen und nie wieder ganz loslassen. Garantiert! Ich weiß, wovon ich spreche.

Die Idee für dieses Buch und damit die Sucht und Suche nach Verhörern entstand vor etwa sieben Jahren. Seither habe ich meinen Bekanntenkreis genervt, habe hart am Spamming vorbeischrammende Massenmails verschickt,

Inserate in der Wiener Stadtzeitung »Falter« geschaltet, das Internet durchforstet und mich in Diskussionsforen eingemischt. »Von Eisbärsalat bis Knöchelverzeichnis« ist ein Gemeinschaftswerk. Mein Dank gilt allen, die mich mit Beiträgen versorgt haben, ob sie nun Eingang gefunden haben oder nicht. Sie alle haben am Entstehen ihren Anteil. Danke.

Roman Kellner

»Ach Gott, fertig, los«
EINFÜHRUNG

»Er hört den Wind und sagt, es wäre Regen.«
Chinesisches Sprichwort

Ach Gott, fertig, los

Sprache dient in erster Linie der Kommunikation. Wenn zwei Menschen dieselbe Sprache sprechen und verstehen, sind sie sich einig über die Bedeutung von Wörtern und Sätzen. Sollte man meinen. Dieses Buch zeigt, dass dem nicht immer so ist und dass die Teilnehmer am Sprachsystem dennoch ganz gut damit leben können. Wir unterliegen im Alltag mehr sprachlichen Missverständnissen, als uns bewusst ist. Weil Wörter akustisch nicht verstanden werden, weil uns die Bedeutung nicht zugänglich ist, in vielen Fällen auch durch eine Mischung aus beidem. In manchen Lebensbereichen scheint es zu einer dramatischen Häufung von Verhörern zu kommen, in der Kirche etwa oder in Zusammenhang mit Dialekten und Liedern.

Axel Hacke, Kolumnist der »Süddeutschen Zeitung«, meint in Bezug auf Gesungenes gar: »Im Grunde versteht kaum ein Mensch je einen Liedtext richtig, ja Liedtexte sind überhaupt nur dazu da, falsch verstanden zu werden.« (Hacke 2004)

Natürlich geht es hier vor allem um kindliche Missverständnisse. Es sind die Kinder, die – einer unübersehbaren Wörterflut gegenüberstehend – an ihre Leistungsgrenzen im Spracherwerb stoßen. Und sie haben auch noch ausreichend Fantasie, das fehlende Verständnis mit eigenem Sinn zu versehen. Doch in der Kindheit wird nur der Grundstein gelegt für Missverständnisse, die dann geduldig und hinterlistig auf den – oft peinlichen – Moment der Aufdeckung warten.

Ähnlich wie der Versprecher ist der Verhörer eine sprachliche Fehlleistung. Im Gegensatz zum wesentlich populäreren Irrtum auf Seiten des Sprechers ist über die Missinterpretation auf Hörerseite noch wenig geforscht worden. Tatsächlich gibt es in der deutschen Sprache neben dem leicht missverständlichen Wort Verhörer nicht einmal ein brauchbares und schon gar kein etabliertes Wort dafür. Nur vereinzelt ist vom Owi-lacht-Phänomen die Rede, das sich von einem häufigen Missverständnis im Weihnachtslied »Stille Nacht, heilige Nacht« ableitet, wo es eigentlich heißt: »Gottes Sohn, oh, wie lacht«.

Im Englischen hat sich für »slips of the ear« in Liedern das Wort Mondegreen durchgesetzt. Der Begriff geht auf einen Artikel von Sylvia Wright im Jahr 1954 zurück. Die Kolumnistin berichtete im »Harper's«, dass sie als junges Mädchen eine Zeile des schottischen Volksliedes »The Bonny Earl Of Morray« falsch verstanden hätte. Der Absatz »Oh, they have slain the Earl o' Morray and laid him on the green« verwandelte sich irgendwo zwischen Ohren und Gehirn zu »Oh, they have slain the Earl o' Morray and

Lady Mondegreen«*. So wurde die gute Lady Mondegreen zur Namensspenderin für ein Phänomen, das aber wohl nicht erst in den Fünfzigerjahren auftauchte, sondern bereits mit der Entstehung der menschlichen Sprache. Zumindest in den USA wird auch schon einige Jahre Material zu dem Thema gesammelt. Gavin Edwards hat vier äußerst unterhaltsame Büchlein über Mondegreens in englischen Liedtexten herausgegeben. Und auf der Homepage www.kissthisguy.com wurden in über zehn Jahren mehr als 4000 englischsprachige Mondegreens zusammengetragen. Mit diesem Buch gibt es nun endlich auch ein paar hundert deutschsprachige Verhörer nachzulesen.

Sprachliche Missverständnisse sind für die Wissenschaft ein interessantes Phänomen. Wer mehr über linguistische und psychologische Hintergründe erfahren möchte, kommt ab Seite 91 auf seine Rechnung. Im Wesentlichen werden Verhörer in diesem Buch aber ob ihres Unterhaltungswertes zitiert. Denn Verhörer können eine ganze Menge.

Verhörer sind poetisch: Karl Philipp Moritz erzählt im Jahr 1786 in seinem Roman »Anton Reiser« über den armen Protagonisten: »Nichts klang ihm z. B. rührender und erhabener, als wenn der Präfektus anhub zu singen: Hylo schöne Sonne / Deiner Strahlen Wonne / In den tiefen Flor. Das ›Hylo‹ allein schon versetzte ihn in höhere Regionen und gab seiner Einbildungskraft allemal einen außerordentlichen Schwung, weil er es für irgendeinen orientalischen Ausdruck hielt, den er nicht verstand, und eben deswegen einen so erhabnen Sinn, als er nur wollte, hi-

* »O, sie haben den Grafen von Morray erschlagen und ihn auf die Wiese gelegt« bzw. »O, sie haben den Grafen von Morray und Frau Mondegreen erschlagen«

neinlegen konnte: bis er einmal den geschriebenen Text unter den Noten sah und fand, dass es hieße: Hüll o schöne Sonne, usw. Diese Worte sang der Präfektus nach seiner thüringischen Mundart immer: ›Hylo schöne Sonne.‹ – Und nun war auf einmal das ganze Zauberwerk verschwunden, welches Reisern so manchen frohen Augenblick gemacht hatte.« (Moritz 1786)

Verhörer können Worte kreieren: Der sinnentleerte Zauberspruch »Abrakadabra« kommt vom arabischen »Allahu akbar« (Gott ist der Größte). Und das Wort »Hokuspokus« geht vermutlich auf die lateinische Liturgie zurück, wo der Priester bei der Wandlung von Brot und Wein in Körper und Blut Christi mit dem Rücken zur Kirchengemeinde das Jesuswort »Hoc est corpus meum« (Dies ist mein Leib) murmelte. Das Volk verstand wenig, aber mit Magie hatte eine solche Verwandlung allemal zu tun.

Verhörer können Panik auslösen: Seit Anfang August 1997 kursierten in deutschen Medien Berichte über die Schieflage einer Bäckereikette in Berlin, die dem Investor Horst Schiesser gehört. Am 14. August berichteten lokale Medien dann, dass zusammen mit der Schiesser-Gruppe auch deren Tochter, das Bäckereiunternehmen City Back, Bankrott gehen werde. Dabei wurden zahlreiche Radiohörer Opfer eines Verhörers: Sie verwechselten »City Back« mit »Citibank«. Hunderte Berliner stürmten darauf hin die Citibank-Filialen, weil sie die Bank bankrott wähnten. Bis zum späten Abend standen Kunden in langen Warteschlangen vor den Bankfilialen um ihre Guthaben abzuheben. Erst eine Presseerklärung des Sprechers der Citibank Deutschland brachte Klarheit: Weder sei die Citibank bankrott, noch stehe sie in irgendeiner Verbindung zu City Back.

Und Verhörer können sogar ein wenig in den Lauf der Geschichte eingreifen: Angeblich soll im Bayern der ersten Nachkriegsjahre so manche alte Dame die »Kommunistische Partei« gewählt haben, weil sie »Kommunionpartei« hörte oder entzifferte. Die Kommunisten wurden daraufhin verboten. (Henscheid u. a. 1997, S. 254)

Natürlich verfügen die wenigsten Verhörer dieses Büchleins über eine solche Tragweite. Unterhaltsam sind sie aber allemal.

»… das heilige Geißlein, Amen«
VERHÖRER IM RELIGIÖSEN KONTEXT

Das Christentum ist 2000 Jahre alt.
Und so klingt es auch.
Zumindest für Kinderohren.

… des Heiligen Geistes, Armin

Ob in der Kirche, beim Tischgebet oder unter dem Weihnachtsbaum, Religion scheint die Sinne zu trüben, auf alle Fälle aber den Gehörsinn. Es beginnt schon beim einfachen Kreuzzeichen: »Im Namen des Vaters, des Sohnes und des Heiligen Geistes, Armin«, wurde verstanden. Vierfaltigkeit also. Oder ist Armin der Vorname des Heiligen Geistes?

… das heilige Geißlein, Amen

Wo es um Geister geht, können auch Märchenfiguren nicht weit sein. Zumindest eine von sieben. Im Namen des Vaters und des Sohnes und das heilige Geißlein, Amen«. (»… und des Heiligen Geistes, Amen«)

… und des heiligen Geistes Samen

Eine Frage beschäftigt viele Kinder: Was machen die Samen in »Im Namen des Vaters und des Sohnes und des heiligen Geistes Samen«? Ist das mit der jungfräulichen Empfängnis also doch nicht so wörtlich zu nehmen?

Maria im G'fängnis

Die christlichen Feiertage haben lustige Namen, die offenbar mitunter einer Neuinterpretation bedürfen. »Maria im G'fängnis« gehört zu den meistgenannten Verhörern – zumindest in Österreich, wo es den Feiertag noch gibt. Maria

Maria im G'fängnis

hinter schwedischen Gardinen mag zwar nicht unbedingt zum herkömmlichen Bild der heiligen Mutter Gottes passen, aber es ist allemal verständlicher als »Maria Empfängnis«.

Fräulein Leichnam

Auch Fronleichnam sorgt für Verwirrungen. Axel Hacke berichtet in der »Süddeutschen Zeitung« von Lesern und Leserinnen, die »Fräulein Leichnam« gehört haben wollen oder auch »Fron Leichnam«, wobei Fron als der Vorname der Dame mit dem makaberen Nachnamen angesehen wurde.

Hallo, Julia!

Das eine Fräulein heißt Leichnam, das andere Julia. »Hallo,

Julia!«, hörte so mancher und wunderte sich über die Bedeutung der Gegrüßten. Derweil sang der Rest weiter »Hallelujah«.

Pfarrao

Naheliegend ist der Verhörer »Pfarrao«. Warum auch nicht? Ist doch der Pharao als altägyptischer Gottkönig durchaus ein Vorfahre unserer höheren Pfarrer.

Wie alt bist du?

Was in der Kirche passiert, ist für Kinder oft ein einziges Mysterium. Zum Beispiel die Kommunion. Werner Sch. dazu: »Dieser Verhörer bezieht sich auf die Zeit vor der Erstkommunion, wo uns eingeschärft wurde, dass es eine schwere Sünde wäre, wenn man vor dieser zur Kommunion gehen würde: Das vom Priester geflüsterte »Der Leib Christi« habe ich daher immer als ›Wie alt bist du?‹ gehört!«

Psst, psst!

Kommt Latein ins Spiel, wird die Sache noch ein wenig kryptischer. Das die Hostienverteilung begleitende und meist nur genuschelte »Corpus Christi« kam als »Psst, psst!« an. Und das passt ja durchaus zum Stille gebietenden Rahmen.

Geldsack

Die Messe ist lang, dem Kind fad. Endlich tut sich was. Ministranten schreiten mit Körbchen oder Beuteln die Reihen entlang und sammeln Geld. Jedes Klimpern und jeden eintreffenden Geldschein quittieren sie mit – ja mit was denn nun? Ist es »Geldsack« oder dialektal »Gödsock«, wie berichtet, oder vielleicht doch eher »Vergelt's Gott«?

Geldsack

Bitte für uns Zünder

Die Gebete. Routiniert werden sie heruntergeratscht und durch die Vielstimmigkeit in der Kirche oft noch weiter verfälscht. Als wäre das nicht schon genug, sind sie auch noch gespickt mit seltsamen Wörtern und Satzkonstruktionen. Aber keine Sorge, die Kinder füllen sie schon mit ihrer eigenen Bedeutung. Zu den ergiebigsten Gebeten gehört »Ave Maria«: »Heilige Maria, Mutter Gottes, bitte für uns Zünder« (statt Sünder) verstanden einige. Zumindest ein Fall ist belegt, bei dem ein Knirps laut in der Kirche fragte, warum sie denn eigentlich um Streichhölzer bäten.

Spätsünder

Wenn wir schon beim Thema Zünder sind: Ein »Spätzünder« ist jemand, der mit irgendetwas besonders spät dran ist. Und was ist dann der oft gehörte »Spätsünder«?

Maria Folter Gnaden

Zurück zu »Ave Maria«: Aus »Maria voll der Gnaden« wurde »Maria Folter Gnaden«. Wird Maria hier um Gnade vor der Folter angerufen oder ist es Maria, die die Gnade vor der Folter ereilt?

Gewenideit

»Du bist gebenedeit unter den Frauen« (oder in alter Fassung: unter den Weibern) heißt es geheimnisvoll und prompt kam die Frage: »Wer oder was ist Gewenideit?« Das Wort leitet sich übrigens vom lateinischen »benedicere« her und heißt somit in etwa »eine, von der gut gesprochen wird«.

Gegrüßet heißt du Maria

Selbes Gebet, neues Missverständnis: »Gegrüßet heißt du Maria« wirft die Frage auf, ob die Mutter Gottes nun Maria oder Gegrüßet heißt. Für Verwirrte: Das Original lautet »Gegrüßet seist du Maria«.

Vater, der du frisst im Himmel

Das Gebet »Vater unser« steht dem »Ave Maria« in Sachen Unverständlichkeit um nichts nach. »Unser Vater, der du frisst im Himmel« wurde unschuldig blasphemisch verstanden, wo »unser Vater« doch lediglich »ist« (bist).

... vergeben unserem Schuldi gern

Welche dieser eingelangten Versionen ist die Richtige? »Wie auch wir vergeben unsere Schulden gern«, »Wie auch wir vergeben unserem Schuldi gern« oder »Wie auch wir vergeben unsren Schuldnern gern«? Ausreichend verwirrt? Die Antwort: Keine davon. Die richtige Version lautet: »Wie auch wir vergeben unsren Schuldigern.«

Schuldi-Germ

Es gibt sogar noch mehr Versionen: »Was«, so wurde gefragt, »ist Schuldi-Germ«? Die Rede war, Sie haben es erraten, wieder von Schuldigern.

... erlöse uns von den bösen Armen

Andere Stelle, selbes Gebet. Richtig heißt es da: »Und erlöse uns von dem Bösen, Amen«. Und doch tauchte die politisch völlig unkorrekte Frage auf, warum wir denn von den bösen Armen erlöst werden sollen. Einen ähnlichen Verhörer gibt es auch in Bezug auf den Schutz: »und beschütze uns vor den bösen Armen«.

... erlöse uns von den bösen Damen

Und noch einmal »Vater unser«: Die »bösen Armen« scheinen nicht die einzige Gefahr für die schwachen Menschen zu sein, auch Frauen sind bedrohlich. Wozu sonst die Bitte »erlöse uns von den bösen Damen«?

Omnibus

»Ex Omnibus terrae« steht im lateinischen Katechismus. »Von allen auf der Welt« hieße das in etwa auf Deutsch. Oder man hat keine Übersetzung zur Verfügung und fragt sich, was wohl der Omnibus zwischen all den unverständlichen Worten soll.

In einem anderen Fall wurde aus dem korrekten Omnibus ein großmütterlich konnotierter Omibus.

Wir bitten dich, Herr, höre uns

Oft liegt der Unterschied im Detail. Der gemeinsame Einsatz nach jeder Fürbitte »Wir bitten dich, Herr, höre uns« klingt ähnlich wie »Wir bitten dich, erhöre uns«, bedeutet auch annähernd dasselbe und ist dennoch falsch.

Der Engel brachte Maria die Botschn

Ein oft genannter Verhörer bezieht sich auf Marias Hausschuhe oder genauer darum, dass sie sich ihre Hausschuhe nicht selber holen muss. 12-Uhr-Gebet/Angelus:

»Der Engel des Herrn brachte Maria die Patschen.« Oder »Botschn«, wie man zum Beispiel in Oberösterreich sagt. Natürlich erhält im richtigen Text Maria die »Botschaft«.

… vorm Lostar

»Noch lag die Schöpfung vorm Lostar«, dichtete Johann Philipp Neumann einst für die Deutsche Messe von Franz Schubert. Oder lag sie doch eher »formlos da«?

Das Wort hat gewunkt

Bernhard E. hatte gedanklich am Johannesprolog zu kiefeln: »Ich habe immer gerätselt, was es mit dem Wörtlein ›gewunkt‹ wohl auf sich haben mag (›das Wort ist Fleisch geworden und hat unter uns gewunkt‹), also eher ein Verhören ins Diffuse hinein.« Bibeltreu gelesen hat das Fleisch gewordene Wort natürlich unter uns gewohnt.

Deinen Toto, Herr …

Kirche kann auch für junge Burschen unterhaltsam sein. Vor allem wenn es um Fußball und Sportwetten geht. So gehört in der Liturgie: »… deinen Toto, Herr, verkünden wir«. Das völlig unsportliche Original: »Deinen Tod, o Herr, verkünden wir, deine Auferstehung preisen wir …«

Dominus, wo bist du?

Bleiben wir bei der Liturgie: »Dominus, wo bist du?« ist klar und deutlich zu hören – hat man sich einmal gedanklich damit angefreundet. Das richtige »Dominus vobiscum« (Der Herr sei mit euch!) hat dann keine Chance mehr.

Seelige Sund

»Herr, ich bin nicht würdig, dass du eingehst unter mein Dach, aber sprich nur ein Wort, so wird meine Seele gesund.« So lautet das Original aus der Abendmahlliturgie.

In dem Buch »Wickie, Slime und Paiper« schreibt eine Irmi, was sie daraus machte: »… wird meine seelige Sund«.

… eingehst unter meinem Dach

Mitunter genügt ein einzelner, veränderter Buchstabe, um die Bedeutung zu ruinieren und völlig neue Bilder entstehen zu lassen. »Herr, ich bin nicht würdig, dass du eingehst unter meinem Dach, aber sprich nur ein Wort, so wird meine Seele gesund«, wurde verstanden. Das Bild dazu: Der Herr wird kleiner, er geht ein wie ein zu heiß gewaschenes Kleidungsstück, und das ausgerechnet unter meinem Dach. Tatsächlich heißt es: »… unter mein Dach«, und das ist zumindest ein wenig verständlicher.

Die Zünder der Welt

Um Zünder ging es schon bei »Ave Maria«. Streichhölzer wurden aber auch vor der Kommunion im »Gloria« vermutet: »Lamm Gottes, du nimmst hinweg die Zünder der Welt.« Warum auch immer Gott den Menschen das Feuer entwenden sollte, das Original lautet anders: »Lamm Gottes, du nimmst hinweg die Sünden der Welt.«

Dulam

Apropos, wer oder was ist ein »Dulam«? Die Frage drängt sich auf in: »Jesu Dulam, der du trägst die Sünd der Welt«. Aufgeklärte und desillusionierte Erwachsene wissen: Es geht um das Lamm, in diesem Fall freilich weniger um ein junges Schaf oder eine junge Ziege als um die in der Bibel häufig verwendete symbolische Bezeichnung für den leidenden Gottesknecht.

Der Herr nehme das Opferlamm …

Umgekehrt werden Opfertiere gehört, wo keine sind. Der Text »Der Herr nehme das Opferlamm aus deinen Händen« macht nach der bisher beobachteten Lämmerhäufung durchaus Sinn, ist aber falsch. »Der Herr nehme das

Opfer an aus deinen Händen«, heißt es in der liturgischen Opferhandlung richtig.

... liegt bei Esel und rinnt

Im Krippenlied »Was soll das bedeuten?« muss man sich ernsthaft Sorgen machen um das Kind in der Krippe. Zumindest, wenn man es so versteht, wie in diesem Fall geschehen: »Ein schönes Kind liegt in der Krippe bei Esel und rinnt.« Sie ahnen es sicher: Das Kleine liegt »bei Esel und Rind«.

Das Gehzuruh

Es gibt Kängurus und Gnus, auch sonst allerlei seltsames Getier, aber was zum Teufel ist ein »Gehzuruh« in der Zeile »Müde bin ich, Gehzuruh, schließe meine Äuglein zu«? Vielleicht entstand dieser Verhörer aber auch schon auf Grund akuter Erschöpfung, denn das Original lautet natürlich: »Müde bin ich, geh zur Ruh, schließe meine Äuglein zu.«

Ach, Gott, fertig los!

Bei den meisten Beiträgen in diesem Kapitel wurde etwas aus einem religiösen Kontext nicht verstanden. In diesem einen Fall hörte jemand Gott, wo er eigentlich gar nicht vorkommt: »Ach, Gott, fertig, los!« (statt »Achtung, fertig, los!«)

Säge mich

So viele Verhörer im Bereich der Religion. Hoffentlich besitzt Gott Humor, sonst lässt die Aufforderung »säge mich« Schlimmes ahnen (statt »segne mich«).

Erbssünde

Es war nicht die Absicht, mit diesem Kapitel irgendjemandes religiöse Gefühle anzugreifen. Aber schließlich sind die Verhörer alle genau so passiert. Sie aufzuzeichnen wird somit keine Sünde, vor allem aber keine »Erbssünde« sein (Erbsünde).

Komma Jesus

Und als Abschluss und Übergang zum nächsten Kapitel ein Verhörer aus der Kindheit der langjährigen »Zeit«-Herausgeberin Marion Gräfin Dönhoff, gefunden in ihrem Buch »Kindheit in Ostpreußen«: »Komma Jesus, sei unser Gast«, wurde da nach Ansicht der jungen Gräfin bei Tisch gebetet, dabei hieß es doch wohl auch in adeligen Häusern: »Komm, Herr Jesus, sei unser Gast.«

Vom Kammernbär zur Buamwurst

FALSCH GEHÖRTES RUND UMS ESSEN

Alles dreht sich rund ums Essen. Und das ist – zumindest in den ersten Jahren – eng mit jenen verbunden, die es zur Verfügung stellen, den Eltern, vor allem den Müttern.

Mamakuchen und Mammi Lina

Kein Wunder, dass die kleine Lisi G. entsetzt darüber war, etwas so Exklusives wie »Mamakuchen« (Marmorkuchen) in Geschäften erstehen zu können. Für Daniel G. und seine Geschwister war wiederum klar und verwandtschaftlich herleitbar, dass eine Mandarine nur »Mammi Lina« heißen konnte.

Wanderschnitten und Mamaschnitten

Die Manner-Schnitten heißen nach kindlicher Logik auch »Wanderschnitten«, weil sie an Wandertagen, und leider nur dann, in den Rucksack gesteckt wurden. »Mamaschnitten« gab es sowieso.

Mamalade

Dass sich die logische »Mamalade« irgendwann als »Marmelade« entpuppt, diese Erfahrung dürften viele gemacht haben. Immerhin in dem einen oder anderen Fall gab es zur weiblichen Marillenmarmelade auch ein männliches Pendant – »Papalade« genannt.

Familienkipferl

Nicht immer dreht es sich um die Mama. Manchmal wird auch an den Rest der Familie gedacht. Zum Beispiel, wenn es »Familienkipferl« gibt (Vanillekipferl).

Brathündchen

Für Kinder ist die kulinarische Welt voll der Grausamkeiten: »Wie kann man Hündchen essen?«, fragte sich ein Mädchen, wenn vom Hühnchen die Rede war.

Ahnungspfirsich

Die Formulierung »an und für sich« lässt Spielraum für fantasievolle Assoziationen. Offenbar ist ein Pfirsich im Spiel, nämlich sowohl bei der Aufforderung »Anna, 'n Pfirsich« als auch bei »Ahnungspfirsich«.

Rossbraten und Rossbeef

Gleich mehrmals wurden mir die Verhörer »Rossbraten« und »Rossbeef« genannt. Dabei verbergen sich hinter dem vermeintlichen Pferdefleisch doch nur Rostbraten und Roastbeef.

Eisbärsalat

Eisbärsalat und Kammernbär

Bären haben in der Welt von Kindern einen ganz besonderen Stellenwert, das führt wohl zu so entzückenden Verhörern wie »Eisbärsalat« (Eisbergsalat) und »Kammernbär« (Camembert).

Kinderkohl und Kindarestaurant

Wird »Kinderkohl« (Chinakohl) für Kinder gepflanzt? China und Kinder, das scheint überhaupt eine beliebte Verwechslung zu sein. »Habe mich als Sechsjähriger ein bisschen gewundert, dass im ›Kindarestaurant‹ fernöstliche Küche serviert wird«, lautet ein Beitrag im Blackbox-Forum.

Buamwurst und Burschenschank

Und wie ist das mit der »Buamwurst«? Muss sich die zarte Kinderseele verarbeitete Buben vorstellen, ehe sie das erste Mal das Wort »Burenwurst« richtig versteht? Und was kommt in »Burschenschanken« auf den Tisch? Diesen Verhörer darf ich auf meine eigene Kappe nehmen und eben beim Schreiben kommt mir das Wort wieder deutlich vertrauter vor als »Buschenschank«. Tatsächlich leitet sich das Wort für diese typisch österreichische Weinausschank vom noch heute in Heurigengegenden üblichen vor die Tür gehängten Buschen ab.

Butterstatuen

»Warum«, fragte ein Mädchen einst, »schmelzen eigentlich die Butterstatuen in Asien nicht?« Vielleicht weil es sich um Buddha-Statuen handelt?

Gemüsli

»Gemüsli«, das klingt interessant, das weckt Fantasien. Der Körndlbrei in der Schale von Simay Z. ist dann aber doch nur gewöhnliches Müsli.

Raketen essen

War in den bisherigen Fällen das Gebotene immerhin theoretisch essbar, so erschien die Idee von »Raketen essen« auch dem falsch hörenden Kind etwas abartig. Wer kennt schon »Racletten«?

Grieskind und Griesbaum

Angesichts solcher Zumutungen auf den Tellern kann schon einmal Neid aufkommen gegenüber jenen, denen es besser geht, dem Christkind zum Beispiel. Gregor in der Blackbox: »Als Kind hab ich geglaubt, dem ›Grieskind‹ geht's so gut, dass es jeden Tag Grieskoch kriegt, das damals mein Lieblingsfutter war. Was der Griesbaum aber mit dem Grieskoch zu tun hat, hab ich mir nicht erklären können.«

Lunspagetti

Dafür ist klar, dass ein »Lunchpaket«, wenn man genau hinhört, eigentlich auch die köstlichen Lunspagetti sein könnten. Einmal davon überzeugt, ist es schwer, sich von dieser netten Vorstellung wieder zu trennen.

Anverbrannter Kugelhupf

Und dann gibt es da noch die vermeintlich gehörten Wortkreationen, die die Originale an Logik bei weitem übertreffen. »Anverbrannt« jedenfalls gibt so manche Küchenkatastrophe viel besser wieder als »angebrannt«, und ein »Kugelhupf« (Gugelhupf) heißt so, weil er durch seine Rundheit hervorsticht.

Verschiertes

»Verschiertes« entsteht, weil Fleisch irgendwie ver … arbeitet wurde. Faschiertes hingegen? Wer auch Faschiertes nicht versteht, kommt vermutlich nicht aus Österreich und kennt dasselbe unter dem Namen Hackfleisch.

Bekannter Aufstrich

Was ein »bekannter Aufstrich« ist, scheint auch für Kinder vorstellbar zu sein, aber ein »pikanter«?

Scharfkäse

Und so mancher Verhörer wartet noch auf seine Aufdeckung. »Scharfkäse« verstand ein Kind, wenn von »Schafkäse« die Rede war. Eine Google-Recherche im Netz ließ mich gleich drei Pizzerias finden, die bereit waren, genau solchen »Scharfkäse« auf der Pizza zu liefern.

Malakopftorte

Die Torte schmeckt herrlich, und wie sie heißt, ist zweitrangig. Und dennoch, »Malakopf«, das ist noch irgendwie vorstellbar. Aber Malakoff? Wer es wirklich wissen will: Die Malakofftorte ist eine aus Norditalien stammende Biskottentorte mit russischem Namen, benannt nach einer russischen Bastion bei Sewastopol, die im Krim-Krieg von Jean J. Pélissier (1794–1864) erstürmt wurde, der dann den Titel eines »Herzogs von Malakoff« erhielt.

Bitte noch ein After Shave

Was Süßes zum Abschluss noch – oder eben nicht. Martin K. berichtet, dass sein kleiner Bruder noch ein »After Shave« verlangte, wo ihm der Sinn doch nach einem weiteren »After Eight« stand. Das Gelächter der Erwachsenen fand der Kleine jedenfalls gar nicht lustig.

Vom Fellhasen zum Bärenstein

SPRACHLICHE MISSVERSTÄNDNISSE AUS DEM TIER- UND PFLANZENREICH

Nach Gawin Edwards gibt es drei große Themen für Verhörer: Ernährung, Sex und Tiere. Ernährung hatten wir schon, bleiben noch die Tiere und ein paar Pflanzen. »Und der Sex?«, höre ich Sie fragen. Tja, tut mir Leid, dazu habe ich kaum etwas bekommen. Entweder ist mein Bekanntenkreis so verklemmt, dass er zu dieser Art von Verhörern nicht steht, oder so rücksichtsvoll, dass er sie mir und meinen LeserInnen nicht zumutet.

Muskeltiere

Wer ist das? Sie leben getreu dem Motto »Einer für alle, alle für einen«. Sie sind tapfer, schnell mit dem Degen und sehr stark. Genau, Muskeltiere! Irgendwann später kam dann die Erkenntnis: Es sind doch Musketiere.

Fliedermäuse

Man kennt den violetten oder weißen Flieder. Wird er zum Namensgeber für Mäuse, entstehen »Fliedermäuse«. Ach, diese unheimlichen Tiere, die verkehrt in Höhlen hängen, heißen Fledermäuse?

Fellhase

Das Auffälligste an dem Tier mit den langen Ohren ist sein Fell, also heißt es nach kindlicher Logik »Fellhase«. Und der schlägt seinen echten Verwandten, den Feldhasen, in Sachen Nachvollziehbarkeit um Längen und Hacken.

Blutekel

Das ist ja wohl auch beim »Blutekel« der Fall. Ein kurzer

Eintrag in Suchmaschinen zeigt, dass so mancher der Logik des »Ekelns« folgt. Egel ist im Übrigen ganz einfach die Bezeichnung für eine bestimmte Art von Saugwürmern.

Renntier

Ein Rentier kann schnell rennen, mit einem weihnachtlichen Schlitten hinten dran angeblich sogar in der Luft. Das macht es aber noch lange nicht zu einem Renntier. Tatsächlich lässt sich der Name dieser Hirschart eher von nördlichen Wörtern für »gehörnt« oder »Geweih tragend« ableiten.

Weberspecht und Leberknecht

Der Weberknecht hat allerlei Verwandte. Vom »Weberspecht« bis zum »Leberknecht« sind ihre Namen um nichts seltsamer als der des Originals.

Woher der Name Weberknecht übrigens wirklich kommt, ist ungeklärt. Laut Christian Komposch vom Grazer Institut für Faunistik und Tierökologie gibt es derzeit in der Fachliteratur zwei Erklärungsansätze: Entweder der Name entstand in Zusammenhang mit dem Abwerfen der Beine durch Zucken (»webern«) oder er leitet sich von den dürren Gestalten, die bei den Webern als Knechte arbeiteten, ab.

Marillenkäfer

Dann war da noch der »Marillenkäfer«. Mag er Marillen oder will er bloß nichts mit Marie zu tun haben? (Marienkäfer)

Bärenstein

Häufig wird jene goldgelbe, organische Substanz aus dem fossilen Harz von Nadelbäumen »Bärenstein« genannt. Tatsächlich heißt es »Bernstein«. Das Wort leitet sich übrigens von »Bornstein« oder »Brennstein« ab, was auf »börnen« oder brennen zurückgeht.

Cola-Bär

Bären üben seit vielen Generationen eine enorme Anziehungskraft auf Kinder aus. In einem Fall wurde der Koalabär zum für Kinder doppelt süßen »Cola-Bären«.

Widderspruch

Der »Wiederspruch« ist ein häufiger Rechtschreibfehler rund um die Bedeutungsverwirrung von »gegen« und »abermals«. Hinter dem »Widderspruch« allerdings steckt schon etwas mehr. Die Vorstellung von einem sturen Schafsbock erlaubt tatsächlich kaum »Widerspruch«.

Kamikatze

»Kamikaze«?
Das kann nur etwas mit einer Katze
zu tun haben.
Weit gefehlt –
leider.

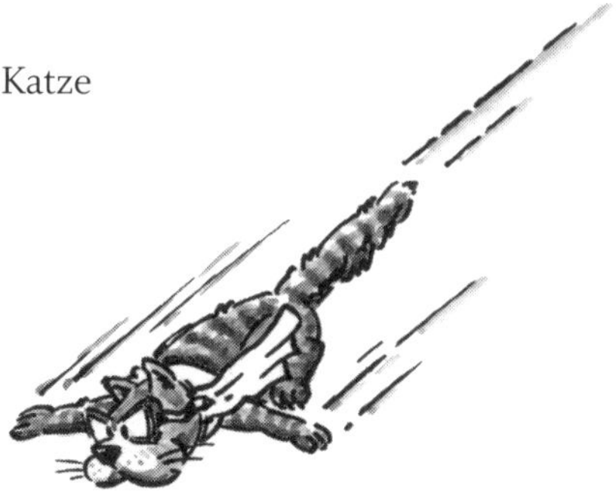

Kamikatze

Alle meine Anten graus

Bernhard H.: »Mein Vater hat früher im AKH gearbeitet und zu Hause oft von seiner Arbeit geredet. Mein Bruder, der deutschen Sprache ob seines Alters noch nicht so mächtig, hat das Allgemeine Krankenhaus immer ›Alle meine Anten graus‹ (Anten = umgangssprachliche Mehrzahl von Enten) genannt.«

Hundetresor

Dann gibt es da noch den »Hundetresor«. Gemeint ist allerdings kein Behältnis für besonders wertvolle Hunderassen, sondern deren Schulung, die Hundedressur.

Hundetresor

Korkrabe

Und schließlich gibt es ein Tier mit gar seltsamen Namen, das immer wieder Diskussionen auslöst. Es geht um den großen schwarzen Vogel. Heißt er nun Kohlrabe, was logisch wäre, weil ja auch Kohlen schwarz sind und weil es auch Kohlrabi gibt? Andere hielten ihn für einen Korkraben, weil … warum auch immer. Die Auflösung: Das Tier heißt Kolkrabe. Kohlrabe ist aber auch nicht falsch, sondern eine veraltete Bezeichnung. Korkrabe freilich hieß das Tier nie.

Er schlich von Tannen

Pflanzen scheinen deutlich weniger gut als Sinnstifter in Frage zu kommen als Tiere. Aber ein paar Fälle gibt es doch. Lisi G.: »Von ganz früher Zeit, als mir noch Märchen vorgelesen wurden, stammt der Verhörer ›er schlich von Tannen‹. Ich hab mir nie was darunter vorstellen können – nur dunkel hab ich's mir vorgestellt, und jemand, der aus einem dunkelgrünen Tannenwald davonschleicht oder flüchtet oder so was …« Falls es Unklarheiten gibt: Er schlich natürlich »von dannen«. Das macht mit diesen Worten allerdings heute kaum noch wer.

Mondblume

Ein Eintrag auf www.kleinkind-online.de: »Wir sind mit dem Auto unterwegs. Am Straßenrand leuchten die roten Mohnblumen. Ich sag zu meiner dreijährigen Tochter Lena: ›Guck mal, die schönen roten Mohnblumen.‹ Darauf die Antwort von Lena: ›Wieso sind Mondblumen rot und nicht gelb?‹«

Umkraut

Unkraut wird oft bekämpft, weil es die gewünschten Pflanzen umbringt. Wurde deshalb konsequenterweise gleich mehrmals »Umkraut« verstanden?

Puppi-Bäume

Eher ein Einzelfall ist wohl die Existenz von »Puppi-Bäumen«. Gemeint waren keine seltsamen Pflanzen, sondern ganz einfach Purzelbäume.

Franz von der Sissy in Luxuslawien

FREMDE NAMEN UND LUSTIGE ORTE

*Namen! Sie bezeichnen, wie etwas oder jemand heißt.
Und heißen selbst doch oft so wenig.*

Franz von der Sissy

Luxuslawien

Wie nahe liegend ist es da, dass ein Kind erklärte, es wäre im Urlaub in »Luxuslawien« gewesen. Für das »Jugoslawien« jener Tage war der Ausdruck jedenfalls nicht allzu passend.

In Tunesien

Wenn jemand von »Indonesien« spricht, dann fragt auch so mancher Erwachsene nach, ob nun der Inselstaat in Südostasien gemeint ist oder doch »in Tunesien«.

Herr Rodes und Herr Kules

Dem Versuch einer Sinnstiftung entspringen wohl auch die oftmals genannten Herren Rodes und Kules (Herodes, Herkules).

Karl Nussdorfer

Die Umbenennung von Kara Mustafa, dem Anführer der Türkenbelagerung von Wien, in Karl Nussdorfer hat immerhin einen geografischen Anker, ist doch Nussdorf ein Teil von Wien.

Osternester im Esterházy-Park?

Nur logisch die Frage der kleinen Hannah: »Versteckt der Osterhase im Osterhasi-Park Osternester?« (Gemeint war der nach der altehrwürdigen ungarischen Magnatenfamilie Esterházy benannte Park.)

Paula 1970

Und was hat Paula mit Autos zu tun? Es gibt alte mit Paula 1972 oder ganz neue mit Paula 2004? Die Dame ist im Verständnis ganz einfach an Stelle des Baujahres getreten.

Nudelwalter

Wir bleiben bei den Namen, die in Dingen des Alltags gehört werden. Sie sind vertraut, sie machen aus Dingen Personen. So auch beim »Nudelwalter«. Jedenfalls viel besser personalisiert als der gewöhnliche Nudelwalker.

Tante Regie

Und Peter H. beschäftigte in frühen Jahren die Frage, weshalb in so vielen Spielfilmen seine Tante Regina mitspielte. Denn ihr Kosename »Regie« war im Nachspann fast aller Filme zu finden.

Hai, der

Der kleine Florian K. hörte in den Nachrichten von einem

»Haider« und stellte die Frage, ob das etwas mit einem Hai zu tun hätte. Wie Jörg Haider das sehen würde?

Papst Impotenz

Und in einem Schulaufsatz heißt es: »›Es geht nicht‹, sagte der Papst Impotenz III. und lehnte händeringend die Bittgesuche der Pfarrer und Geistlichen ab, die sich eine Frau nehmen wollten.« Ob Papst Innozenz III. da nur zufällig zum Opfer eines Missverständnisses wurde?

per Nachname

Ein Paket gibt man auf der Post »per Nachname« auf, weil es unter Angabe des Nachnamens passiert. Falsch, es heißt »per Nachnahme«, weil es von »nehmen« und nicht vom Namen kommt.

Diesen Verhörer habe ich übrigens mit folgendem Kommentar erhalten: »Hallo Roman! Ich hab einen Verhörer für dich, aber du darfst nicht verraten, dass ich das selbst bis Mitte 20 gedacht habe.«

Neger Wumbaba

Axel Hacke, Kommentator in der »Süddeutschen Zeitung«, hat sein Buch nach dem »Verhörer« eines Lesers benannt, der in Matthias Claudius' »Abendlied« einen »weißen Neger Wumbaba« ortete. Dabei heißt es bei dem Dichter des 18. Jahrhunderts doch politisch völlig korrekt und unanfechtbar: »Und aus den Wiesen steiget der weiße Nebel wunderbar.«

Puderbär

Immer wieder ist von einem Puderbär die Rede. In Wirklichkeit heißt der arglose Bär mit wenig Verstand Pu und hat mit keiner Form des Puderns etwas zu tun.

Franz von der Sissy

So wie der heilige Franz von der Sissy als Franz von Assisi

viel mit Tieren, aber – soweit bekannt ist – nie etwas mit einer Elisabeth zu tun hatte.

Aikentina Turner

Robert Sch. liebte die Sängerin Aikentina Turner, bis er eines Tages erstaunt feststellen musste, dass es sich bei Ike and Tina Turner um ein Pärchen handelt.

Laurenz von Olivien

»Laurenz von Olivien« hingegen ist zwar nur eine Person, dafür kommt der Abenteurer aus Arabien, was sein korrekter Name »Lawrence von Arabien« auch verrät.

Kenn i die Brücke?

Irmgard N. hörte auf der Wiener U-Bahn-Linie U4 bei einer ganz bestimmten Station den Fahrer immer fragen: »Kenn i die Brücke?« Tatsächlich wurde die Station Hietzing lange Zeit auch als Kennedybrücke angesagt.

Sabine, Fune und Birnen

VERWIRRENDE KINDERLIEDER

Kinderlieder gehören wohl zu den frühesten in Richtung Baby oder Kleinkind gerichteten Texten. Kein Wunder also, wenn sie den Sprachschatz der lieben Kleinen oft überfordern. Dazu sind viele Lieder alt und gespickt mit Worten, die selbst im Sprachschatz der Älteren nicht mehr vorkommen.

Rätselhafter Gingerlein

Zu den Klassikern in diesem Zusammenhang zählt »Gingerlein« oder »Gingalein«. Ist es der Nachname von »Hänschen klein«? Oder ein Weggefährte? Jedenfalls hören immer wieder neue Generationen von Kindern eher einen Namen als »Hänschen klein ging allein ...«.

... siecht das Kind

Auch der Schluss des Liedes bleibt für viele geheimnisvoll: »Da besehen, siecht (für »sieht«) das Kind, kehret heim geschwind« wird gehört, und Neuwinger wundert sich in »Wickie, Slime und Paiper« über »dabesinnt«. Falls Sie nun selbst unsicher geworden sind, wie es richtig heißt: Der Knabe kommt geläutert und wohlbehalten nach Hause zurück. »Da besinnt sich das Kind, kehret heim geschwind.«

Nudeldicke Birn

Bleiben wir bei den Klassikern: »Spannenlanger Hansel, nudeldicke Birn«. Seltsam, aber so ist es zu verstehen. Und welches Kind kann heute noch etwas mit dem Begriff »Dirn« anfangen? Der Text geht übrigens ganz fruchtig weiter. Bekanntlich schütteln die beiden im Garten tatsächlich Birnen.

Herrwohl

Ein anderer Klassiker: Hänsel und Gretel. Welcher Herr mag wohl der Herrwohl sein in folgendem Zusammenhang: »Wer mag der Herrwohl von diesem Häuschen sein?«

... ein Männlein um

Als Hoffmann von Fallersleben im 18. Jahrhundert den Text zum »Männlein im Walde« erdachte, war ihm sicher nicht bewusst, dass er damit noch viele Generationen von Kindern irreleiten würde. »Ein Männlein steht im Walde, ganz still und stumm, es hat von lauter Purpur ein Mäntlein um« heißt es korrekt. Im Verständnis eines Kindes wurde daraus: »... und hat vor lauter Purpur ein Männlein um«.

Im Waldilein

Und wie geht der verwirrende Text weiter? »Sagt, wer mag das Männlein sein, das da steht im Waldilein«? Oder steht es doch »im Wald allein«?

Entgegen einem weit verbreiteten Gerücht handelt es sich bei dem Männlein übrigens nicht um einen Fliegenpilz. Die letzte (gesprochene) Strophe lautet nämlich: »Das Männlein dort auf einem Bein / Mit seinem roten Mäntelein / Und seinem schwarzen Käppelein / Kann nur die Hagebutte sein.«

Schlug den Hund in zwei

»Ein Hund kam in die Küche«, so weit, so klar, aber was passierte dann? Wurden zwei daraus, was ja durchaus zur Endlosschleife des Liedes passen würde? So könnte man meinen, wenn man »... und schlug den Hund in zwei« versteht (statt entzwei).

Oma hopst gern

Kennen Sie noch das Lied von der unglaublichen Groß-

Meine Oma, meine Oma ist modern, hopst gern

mutter, die alles Mögliche kann und macht? »Meine Oma, meine Oma …«. Und wie endet es? »… ist modern, hopst gern« wurde verstanden. Tatsächlich springt die robuste Dame nicht, sondern es handelt sich um zwei Worte der Zuneigung: »Meine Oma, meine Oma ist modern, hob's gern.«

Wölfe hinter Fune her

Die Kinderlieder der letzten Jahrzehnte kommen oftmals aus dem Fernseher. Klarer sind sie deshalb noch lange nicht. Im Gegenteil. Wer oder was zum Beispiel sind Fune im Lied zur Zeichentrickserie »Wickie«: »Doch Wölfe hinter Fune her …«? Tatsächlich heißt es: »Doch Wölfe hin, Taifune her.« Aber wer soll das verstehen?

Vielen Dank für die Blumen, Willy!

»Tom und Jerry«: »Vielen Dank für die Blumen, vielen

Dank, Willy, von dir.« In Wirklichkeit kommt das Titellied von Udo Jürgens natürlich ohne Willy aus und es heißt »… wie lieb von dir«.

Leumender Pumuckl

Im Lied zur Fernsehserie »Pumuckl« nichts zu verstehen ist keine Schande, redet der rothaarige Kobold doch auch vorsätzlich Unsinn. Ein Kind verstand »am liebsten macht er Schabernack, leumte er da nicht zu knapp«. »Ich dachte, es hat was mit Leimen zu tun, das hätte in die Tischlereiwerkstatt doch ganz gut gepasst«, rechtfertigt sich die »Besitzerin« des Verhörers. Der tatsächliche Text: »… Leute ärgern nicht zu knapp«. Und im Internet findet sich eine Dame, die es gar nicht lustig fand, für ihre Interpretation ausgelacht zu werden: »… Leute ärgern sich zu Knack«.

Inselstrich

»Wer hat an der Uhr gedreht?« Genau, der rosarote Panther. Aber wie geht der Text weiter, und vor allem, wie heißt es dann einige Zeilen später? Etwa so? »Denn du bist, wir kennen dich, doch nur Farb- und Inselstrich.« Natürlich nicht, sondern Farb- und Pinselstrich.

Die Sabine, die ich meine

Freilich, auch Biene Maja darf nicht fehlen. Das Titellied der Zeichentrickserie singt Karel Gott und seiner seltsamen Betonung ist es zu verdanken, dass Maja noch einen weiteren Namen erhielt: »Und die Sabine, die ich meine, nennt sich Maja« (statt »diese Biene, die ich meine, nennt sich Maja«).

… wirst du wieder gewürgt

Zum Abschluss dieses Kapitels noch das Gutenachtlied »Guten Abend, gut' Nacht« von Georg Scherer (Melodie: Johannes Brahms). »Morgen früh, wenn Gott will, wirst du wieder gewürgt« verstehen offenbar einige Kinder. Es zahlt sich aus, das Lied beim nächsten Mal deutlich zu singen, Ihr Kind könnte sonst schlecht schlafen. Tatsächlich heißt es nämlich: »… wirst du wieder geweckt.«

Kipferl im Sand

DEUTSCHSPRACHIGER POP – COOLE LIEDER, EIGENARTIGE TEXTE

Im anglikanischen Raum wurde schon deutlich mehr zum Thema Verhörer geforscht und gesammelt. Die meisten der »Slips of the ear« sind »misheard lyrics«, also falsch verstandene Liedtexte. Auch der deutschsprachige Pop, und vor allem der Austropop, laden zum Verhören ein.

Mei Freind Mirko …

Der ungeschlagene Meister unverständlicher Texte ist Rainhard Fendrich. Schon sein erster großer Hit »Strada del Sole« von Anfang der 80er-Jahre war voll der Rätsel: »Mei Freind Mirko Slobosch is ka Italiano« verstand jemand. Tatsächlich sang Fendrich »Mei Freindin is oboscht mit an Italiano«. Und für jene, die auch das noch nicht verstanden haben (und damit auch den ganzen Rest nicht verstehen werden): »Meine Freundin ist mit einem Italiener durchgebrannt.«

Oh, Melone

Auch bei Fendrichs zweitem Hit fragte sich so mancher, was er denn da singt. Andere hatten die Antwort für sich gefunden: »Oh, Melone«. Ein Schelm, wer denkt, dass die Assoziation gar nicht so falsch ist. Jedenfalls besingt Fendrich in Wahrheit mit »oben ohne« den damals neuen Trend der Barbusigkeit in Schwimmbädern.

Sumbarassasumba

Selber Sänger, selbes Lied, anderes Missverständnis. Fendrich besingt also nackte Tatsachen in Bädern, aber was ist da im Hintergrund zu hören? »Sumbarassasumba«, wie eine Verhörerlieferantin meint? Die Auflösung: »Su a hassa summa«, was sich mit einiger Kenntnis des Österreichischen als »So ein heißer Sommer« übersetzen lässt.

… wenn i a Walzer tanz alan

Und dann die so genannte heimliche Hymne der Österreicher: »I am from Austria«. Aber wie die echte österreichische Bundeshymne (siehe Seite 55) ist auch diese nicht einwandfrei zu verstehen. »… und wenn i a Walzer tanz alan – I am from Austria« verstanden gleich mehrere durchaus nicht unpatriotisch. Was Fendrich wirklich meint: »… sag ich am End' der Welt voll Stolz und wenn ihr wollts auch ganz alla, I'm from Austria.«

… und auch die Höhen hast hinter dir

Und im selben Lied über Österreichs Vergangenheit: »Dei hohe Zeit is lang vorüber und auch die Höhen hast hinter dir.« Zweimal dasselbe also? Nein, in Wirklichkeit wird auch das Gegenteil besungen: »… und auch die Höll' hast hinter dir«.

… aus Bledsinn und Glick?

»Manchmal denk i no an di«, 2. Strophe, ein Verhörer, besser als das Original: »Was lernt ma scho aus Bledsinn und Glick?« Tatsächlich singt Fendrich deutlich weniger philosophisch: »Was lernt ma scho aus ›Playboy‹ und ›Quick‹?«

… mir haun ihn übern Schnee

Als letztes Beispiel zum unerschöpflichen Beitragspender Fendrich eine Zeile aus dem Lied »Schickeria«. »Mir san de Hautevolee, mir haun ihn übern Schnee« wurde verstanden und offenbar mit dem Bild einer winterlichen Rauferei verbunden. Tatsächlich heißt es: »Mir san die Hautevolee, mir haum den Überschmäh.«

Zehn kleine Füchse

Georg Danzer steht seinem Austropop-Kollegen kaum nach. Ein ganz entzückender, weil so harmloser Verhörer ist jener von den »zehn kleinen Füchsen«. Um Tiere geht es in Danzers Lied eigentlich nicht, vielmehr um »zehn kleine Fixer«.

Beau im Runlokal

Der »Nackerte im Hawelka« gibt auch ganz ohne Verhörer eine Menge Rätsel auf. Gänzlich verloren ist, wem dann noch akustische oder lexikalische Fehler passieren. In »Jö schau« singt Danzer, zumindest nach der frühen Meinung einer Informantin: »… weil ein Beau im Runlokal«. Das heißt zwar nicht viel, aber das Wort »Bohemien-Lokal« war halt auch noch nicht im passiven Sprachschatz aufgenommen (»san wir heut ned grausam / weu ein Bohemien-Lokal / pfeift auf Spießbürgermoral«).

A Nackerter am Hafelekar

Noch schwieriger wird es, wenn das »Hawelka« keinen Sinn ergibt. Dann muss es halt mit Bekanntem ersetzt werden. In der Tiroler Bergwelt gibt es das Hafelekar. Was also »macht a Nackerter am Hafelekar«?

A Nackerter am Hahnenkamm

Flitzer gibt es immer und überall, sie scheuen bekanntlich auch sportliche Großereignisse nicht. Hier ist noch eine originelle Interpretation von »Hawelka«: »Was macht a Nackerter am Hahnenkamm?«

Schi vorn, vorn, vorn

Austropopper Wolfgang Ambros' Schifahrerhymne »Schifoan« ist klar verständlich. Wenn man seinen Dialekt versteht. Wenn nicht, kann bei »Schifoan« schon mal nicht »Schifahren«, sondern »Schi vorn« herauskommen. Was immerhin als didaktischer Hinweis, wie man richtig am Schi steht, taugt.

Gorilla, Gorilla

Das Lied »Corinna, Corinna« ist natürlich nicht nur von Ambros gesungen worden, sondern zuvor schon von Bob Dylan. Da nicht mehr klar ist, auf welche Version sich der Verhörer bezieht, wollen wir es einmal, um es hier aufnehmen zu können, Ambros zuschreiben. Der Verhörer: »Gorilla, Gorilla«. Ambros besingt also einen Menschenaffen, er möge doch endlich heimkommen, weil er sich schon solche Sorgen mache. Nett von ihm.

Halleluja Zechengatsch

Wilfried und sein Lied »Ziwui, ziwui« – ein richtiger Kreativitäts-Förderer. Was auch immer dieses »ziwui, ziwui« meint, es endet nicht mit »Halleluja«, sondern mit »Ziwuia«. Und dazwischen fällt nicht das Wort »Zechengatsch«, sondern »Zechenkaas«. Für die Leser aus Deutschland und der Schweiz: Zehenkäse.

Kipferl im Sand

Arik Brauer singt mitunter schneller, als man denken kann. In einem seiner berühmtesten Lieder – einem beinharten Protestlied – steckt jemand »sein Kipferl in' Sand«. Oder ist es doch das »Köpferl«?

Kipferl im Sand

… da Winter ward …

Und im selben Lied ist irgendwas mit dem Winter (»wenn da Winter ward …«), oder? Tatsächlich heißt es: »Waun da Wind a wahd in da Gossn, waun da Wind a wahd am Land, waun da Wind a wahd, do steckt er sein Köpferl in Sand.«

Blankaugerte Kuh

Noch einmal Arik Brauer. In seiner »Serenade« singt er unter dem Fenster einer langhaarigen Schönheit: »Blankaugerte, komm zu mir …«. Nachweisbar gehört wurde zumindest einmal ein Tier, das darin nichts zu tun hat, nämlich eine »blankaugerte Kuh«. Und ein anderes Mal ist von der konkreten Augenfarbe der Angebeteten die Rede: »Blauaugerte, komm zu mir«.

Ich bin der Hausgeliebte

Erinnert sich noch jemand an Hansi Dujmic? »Ich bin der Hausgeliebte« hörte da jemand. Was Dujmic (offenbar nicht ganz deutlich) gesungen hat: »Ich bin dir ausgeliefert«. Die Single hieß übrigens auch nicht »Hausgeliebter«, sondern »ausgeliefert«.

… stehn Minuten sich die Füße platt

Das Lied »Skandal um Rosie« der Spider Murphy Gang hat eindeutig keinen Inhalt für Kinder. Was haben wir nicht alles in dieses Lied hineininterpretiert! Wer nicht versteht, welchem Gewerbe Rosie nachgeht bzw. was eine Nutte ist, kommt auf solche Ideen: »Und draußen vor der großen Stadt / stehn Minuten sich die Füße platt.« Heißt zwar wieder einmal nicht viel, beinhaltet aber immerhin keine unbekannten Wörter. Das Original: »Und draußen vor der großen Stadt / stehn die Nutten sich die Füße platt.«

Skandal im Schwerbezirk

Ein anderer Verhörer in dem Lied dreht sich rund um den

Ort des Skandals. »Skandal im Schwerbezirk« ist zumindest nicht viel schlechter als »Skandal im Sperrbezirk«.

Sonderzug nach Bangkok

Der Klassiker unter den Verhörern im deutschsprachigen Pop kommt von Udo Lindenberg. Hier kann ich schon gar nicht mehr sagen, dass diesem Missverständnis viele aufgesessen sind, ich habe vielmehr kaum jemanden gefunden, der es richtig verstanden hätte. Die Rede ist natürlich vom »Sonderzug nach« – na? – »Pankow«. Das ist ein Stadtbezirk von Berlin und lag somit in der ehemaligen DDR, was im Kontext durchaus Sinn macht. Und trotzdem: Wir haben alle Bangkok verstanden!

... woan auf d'Straßn hundertzwa

Carl Peyer und sein Lied »Romeo und Julia«? Schon vergessen? Zu Recht. Nun ja, für einen Verhörer reicht es allemal. »... woan auf d' Straßn hundertzwa« wurde verstanden anstatt des korrekten Textes: »Bahnhofstraßn 102«

... treibst es wie a Seekönigin

Damit sind wir nicht mehr weit von Peter Cornelius. In seiner Schnulze »Segel im Wind« heißt es am Ende: »Du host die Kraft ana Löwin, doch du treibst so wie a Segel im Wind.« Poetisch, kitschig, harmlos. Nicht so diese gehörte Version: »Du host die Kraft ana Löwin, doch du treibst es wie a Seekönigin.«

Go, Karin!

Wir bleiben bei den semiprominenten Austropoppern. Boris Bukowski besang 1987 »Kokain«. Wer mit dem Wort nichts anfangen konnte, flüchtete schnell mal in »Go, Karin!«

Bei die Ruder hob i Sport

Die Kurt Gober Band (KGB) besang in ihrem Sommerhit

»Motorboot« das Schicksal eines (nur anfänglich) glücklichen Gewinners eines Schlauchbootes mit Motor. Das Lied war lustig, aber auch die Verhörer rundherum. »Bei die Ruada hob i g'spoart« heißt es im Original. Verstanden wurde: »Bei die Ruder hob i Sport«, was ja durchaus Sinn macht.

In der Stauseezoan

Und dann gibt es da ein Textstück, das garantiert niemand verstanden hat: »Und aufs Heisl miasst i a, nur gibt's da koa Pissoir. Jessas na, des nächste Beisl mit an Heisl is irgendwo, nur net in der Strophe Zwo.« Verstanden wurde statt der Metaebene »Strophe Zwo« »in der Stauseezoan«.

Stadtbahn

Ein oft genannter Verhörer ist Reinhard Meys »Wind Nordost, Startbahn Null-Drei«. Nicole K. auf www.blackbox.net: »Da weigere ich mich nach wie vor standhaft ›Startbahn‹ zu verstehen. In meinen Ohren heißt das ›Stadtbahn‹. Ich bin erst vor zwei Jahren draufgekommen, dass dem nicht so ist, aber ich hab's bis heute net so ganz akzeptiert.

Außerdem ist das Bild einfach zu schön: ich stell mir, seit ich das Lied kenne, vor, dass Reinhard Mey auf einem Bahnsteig steht und der Stadtbahn nachschaut (›wie ein Pfeil zieht sie vorbei und es dröhnt in meinen Ohren‹), die aus unerfindlichen Gründen plötzlich abhebt … ›und sie schwebt der Sonne entgegen‹.

Und er beobachtet dieses Phänomen der fliegenden Stadtbahn fasziniert und singt uns seine Gedanken dazu vor … Und zum Schluss wünscht er sich halt, er hätte selber das Glück gehabt, in dieser Stadtbahn zu sitzen (›ich wäre gerne mitgeflogen‹).

Bis auf das dumme Wort ›Luftaufsichtsbaracke‹ in der dritten Strophe weist nämlich rein gar nix in dem Liedl darauf hin, dass es sich nicht um eine fliegende Stadtbahn mit der Nummer 03 handelt.«

Heute zähl ich meine Wunden

Sid nac schreibt im »Standard«-Diskussionsforum über Nenas »99 Luftballons«: »Statt ›heute zieh ich meine Runden‹ verstand ich ›heute zähl ich meine Wunden‹, was mir Respekt seitens der bösen Clique meiner großen Schwester einbrachte.«

Buttersozialprodukt

Geier Sturzflug besangen in »Bruttosozialprodukt« den Arbeitseifer von Oma und Opa zum Wohle des Staates. Weil aber »Bruttosozialprodukt« doch ein gar so seltsames Wort aus der Erwachsenensprache ist, wurde es ganz einfach durch »Buttersozialprodukt« ersetzt.

... vor den Kameraden

»Das Model«, besungen von »Kraftwerk«, ist kühl, »doch vor den Kameraden zeigt sie, was sie kann«. Oder war es doch ganz harmlos »vor der Kamera«?

I'm Selin

Rod Steward singt natürlich in Englisch und hat damit Buchverbot. Dieser eine Verhörer darf aber doch nicht fehlen. Eine Dame mit Nachnamen Selin war nämlich überzeugt, dass der Popstar für sie singe: »I'm Selin« (im Original: »I'm sailing«).

Was hat dich bloß so uriniert?

Noch etwas von den »Sternen«: »Was hat dich bloß so uriniert« verstand jemand und hielt das verständlicherweise für seltsam. Tatsächlich sangen »die Sterne« ganz züchtig und besorgt: »Was hat dich bloß so ruiniert?«

... du bist mein Zahnwehtöter

Natürlich kann dieses Kapitel nicht ohne ein Beispiel von

Herbert Grönemeyer zu Ende gehen. Wer seine Texte nicht nachliest, kann bei seiner – nun ja – eigenwilligen Intonation leicht auf andere Gedanken kommen. Wie zum Beispiel beim Lied »Alkohol«: »Du bist mein Zahnwehtöter« wurde verstanden. Nicht schlecht und durchaus nachvollziehbar, Grönemeyer sieht im Alkohol allerdings seinen »Sanitäter«.

Owi und der Engel Koor

ALLE JAHRE WIEDER DIE SELTSAMEN WEIHNACHTSLIEDER

Weihnachtslieder sind alt, schön, feierlich – und witzig. Zumindest wenn man sie versteht, wie Kinder das mitunter tun. Die kindliche Aufgeregtheit rund um die Zeit der Bescherung scheint dem Verständnis der dazugehörigen Lieder nicht gerade zuträglich zu sein.

Seltsame Weihnachtslieder

Owi lacht

Kein Verhörer wurde mir so oft erzählt wie jener um Gottes Sohn Owi. »Hat Jesus einen Bruder?«, denkt sich so mancher, der in dem Lied »Stille Nacht, heilige Nacht« »Gottes Sohn, Owi, lacht« hört. Nein, Jesus hat keinen Bruder, zumindest nicht in dem Lied. Dort steht nämlich ganz einfach »Gottes Sohn, oh, wie lacht«.

Der eine oder andere hatte auch »Obi« verstanden. Der Irrtum kommt so häufig vor, dass Verhörer mitunter auch schon allgemein als Owi bezeichnet wurden.

... hol der Knabe

»Stille Nacht« hat übrigens noch einen weiteren beliebten Verhörer zu bieten: »Voll der Gnade im lockigen Haar« steht »Holder Knabe im lockigen Haar« in Sachen Verständlichkeit offenbar um nicht viel nach. Auch »hol der Knabe« ist nicht schlecht, wenn damit auch die Frage offen bleibt, wohin und worum das arme Kind, kaum geboren, schon geschickt wird.

Knabenbringende Weihnachtszeit

Apropos Knabe: Ist die »knabenbringende Weihnachtszeit« nicht wieder einmal viel origineller als das »gnadenbringende« Original aus »Oh du fröhliche«? Unter Umständen könnte diese wundersame Zeit auch das plötzliche Auftauchen von Bruder Owi erklären.

... kehrt mit seinem Besen

»Alle Jahre wieder« derselbe Verhörer. Das Christuskind kommt auf die Erde nieder und »kehrt mit seinem Besen ein in jedes Haus«. Natürlich nicht, wahr ist vielmehr, dass es mit seinem Segen einkehrt.

Es ist ein Ross entsprungen

Ein anderer häufiger Verhörer bringt Tierisches ins Spiel. Dass ein Ross entspringt, ist zwar im weihnachtlichen Kontext schwer zu erklären, aber irgendwie vorstellbar. »Es ist ein Ros entsprungen«, heißt halt für kindliche Ohren gar so wenig.

Jingle Bär

Und noch ein Tier wurde offenbar zum Thema eines Weihnachtsliedes, oder wie anders ist die Existenz von »Jingle Bär« zu erklären? (»Jingle Bell«)

Der saure Hai

Für Stefan F. ging es auch in dem steirischen Weihnachtslied »Jetzt ist der raue Winter da« um ein Tier. Wie hätte er es auch anders verstehen sollen, wenn er da in der dritten Strophe über das Kindlein in der Gruppe hörte, »es liegt auf dem Hai«? Das Original: »Das Hascherl mocht dafrian, liegt auf dem sauren Heu …«

Kummer und Darm

»Leise rieselt der Schnee«, und sanft fallen die Verhörer. »In den Herzen wird's warm, still schweigt Kummer und Darm«, zitiert Axel Hacke in der »Süddeutschen Zeitung« Organisches. Jeder weiß, was der Darm ist, aber Harm?

Die Engel Korr und Jubert und der schwebende Josef

Im selben Lied kommt übrigens auch der wunderbare Engel »Korr« vor. Oder in anderer Schreibweise: »Koor, der Engel, erwacht«. Beide Male ist eigentlich der Chor gemeint. Engel gibt es viele, schon mal von Engel Jubert gehört? Nein? Andere schon. In »Ihr Kinderlein kommet« nämlich. »Hoch oben schwebt JUBERT, der Engel, empor«, heißt es da ganz eindeutig. Ein anderes Mädchen wieder weiß in dem Lied Tolles über Josefs Flugfähigkeiten zu berichten: »Hoch oben schwebt Josef den Engelein vor«. Liest man nach, stößt man auf das korrekte »Hoch oben schwebt jubelnd der Engelein-Chor«.

Maria zu McDonald's ging

Maria als heimliche Besucherin von Fastfood-Ketten? So zumindest musste es jemand interpretieren, der »Maria zu McDonald's ging hörte«. Also bitte, dagegen verwehren wir uns, wenn auch schwer zu verstehen ist, warum »Maria durch ein' Dornwald ging« und nicht durch den oder einen Dornwald.

» … voll begnadet für das Schöne«
IRRTÜMER IN VOLKSLIEDERN UND HYMNEN

Hymnen und Volkslieder – Patriotismus, Feierlichkeit, Erhabenheit. Und dann das: ein ganz seltsames Wort mittendrin. Und fort ist sie, die Ernsthaftigkeit.

… voll begnadet für das Schöne …

… voll begnadet für das Schöne
Wir beginnen natürlich mit der österreichischen Bundeshymne. Wie wird das »viel gerühmte Österreich« da besungen? »Heimat bist du großer Söhne / voll begnadet für das Schöne«? Nein, nein, es ist schon das »Volk begnadet für das Schöne«.

… wo der Arno haust
Auch die steirische Landeshymne hat ihre Tücken. Und vor allem seltsame Typen. Wer ist Arno, der darin haust? »Hoch vom Dachstein an, wo der Arno haust …« (»wo der Aar noch haust«). Falls sich wer nicht zu fragen traut: Aar ist eine alte Bezeichnung für Adler.

Steirabua auf Kärntnertour

Wir bleiben im Bundesland Steiermark. Im Lied »Der Steirabua« heißt es richtig: »Ich bin a Steirabua und hob a Kernnatur«. Seltsam, das mit der Kernnatur, kein Wunder, dass »auf einer Kärntnertour« verstanden wurde.

Wohlunterlinden

In dem Volkslied »Kein schöner Land« heißt es wunderschön: »wo wir uns finden, wohl unter Linden, zur Abendzeit«. Was tun die da am Abend, nachdem sie sich gefunden haben, fragte sich jemand, der »wohlunterlinden« verstanden hatte und von einem Verb ausging.

Winter ade! Scheide tut weh

»Winter ade! Scheide tut weh« verstand ein Kind in Unkenntnis des schon etwas altertümlichen Wortes »scheiden«. Fest steht: Der Texter dieses deutschen Volksliedes Hoffmann von Fallersleben jedenfalls hatte keine Schmerzen an intimen Körperteilen zum Thema, sondern den Abschied von einer Jahreszeit. Dieser Abschied fällt übrigens ganz entgegen dem ersten Eindruck gar nicht schwer: »Winter ade! Scheiden tut weh. Aber dein Scheiden macht, dass mir das Herze lacht!«

Musident

»Musident«, das ist jemand, der eindeutig etwas mit Musik zu tun hat und der weg muss. So gehört in »Musident, zum Städtele hinaus …« (statt »Muss i denn zum Städtele hinaus«).

Wenn die Trude sagt …

In einem alten Lied heißt es »Wenn die Dudelsackpfeifer spielen«. Dudelsackpfeifer? Was soll das denn sein? Man hilft sich mit Folgendem: »Wenn die Trude sagt: ›Pfeifenspiel‹«.

Theo, spann den Wagen an (...) holt den goldnen Wagen

Für den Kanon »He, ho, spannt den Wagen an« zirkulieren unendlich viele Versionen im Netz und in Musikbüchern. Gar nicht wenige halten das Lied für einen Aufruf an »Theo«, sich um den Wagen zu kümmern.

Simone H. soll hier selbst zu Wort kommen, weil sie im Internet bekennt, dass sie das Lied gleich mit vier Verhörern versehen hat: »He Ho, spann den Wagen an / Weht der Wind, treibt Regen übers Land! / Holt den goldnen Wagen, holt den goldnen Wagen / He Ho ...« – »Zum Glück«, schreibt die Dame, »haben wir im Kanon gesungen. Da ging das unter!«

Und so lautet der richtige Text: »Hejo (bzw. He, ho), spann den Wagen an / Seht, der Wind treibt Regen übers Land! / Holt die goldnen Garben, holt die goldnen Garben.« Garben sind gebündelte und zusammengebundene Getreidehalme. Im österreichischen Liederbuch freilich ist schon wieder von »vollen Gaben« die Rede. Wer soll sich da noch auskennen?

Arbeiterreinheitsfront

»Reih dich ein in die Arbeitereinheitsfront, weil du auch ein Arbeiter bist«, dichtete Bert Brecht für das Einheitsfront-Lied. Es wurde als »Arbeiterreinheitsfront« verstanden, dabei gehörte die Sauberkeit sicher zu den geringsten Sorgen der Arbeiterschaft jener Tage.

... lass du sie ...

Harter Bruch, komplett andere Musik: Die Titelmelodie der Muppet-Show. Könnten Sie die ersten Zeilen noch auswendig aufsagen?

»Jetzt tanzen alle Puppen / macht auf der Bühne Licht / macht Musik, bis der Schuppen / wackelt und zusammenbricht«, lautet der Originaltext. Verstanden und mitgesungen wurde statt »macht Musik« »lass du sie«.

Kleine Nazischwalbe

»Kleine Nordseeschwalbe, flieg zur Heimat hin«, singt Hans Albers völlig unpolitisch. Was allerdings gehört wurde, war »kleine Nazischwalbe«.

Adieu, du kleiner Gartenoffizier

Aus dem Film »Das Lied ist aus« stammt der Song »Adieu, mein kleiner Gartenoffizier«. Sehr nett, aber falsch. Im Original gilt der Abschied schon dem kleinen »Gardeoffizier«.

Jack, die Sau

DER KAUDERWELSCH AUS DEM RADIO

Die rasche Sprache zeitgeistiger Radiosender, zusätzlich gespickt mit englischen Einschüben, ist prädestiniert für Missverständnisse und eine dementsprechend große Fundgrube für Verhörer.

Jack, die Sau

So mancher hat sich über das Schwein »Jack, die Sau« gewundert, wenn ein rasches »Check this out!« an Ö3-Veranstaltungshinweise angehängt wurde.

Jack, die Sau

I drah di o, Ö3

Auch die Kennmelodien des Pop-Senders waren Grundlage für Missverständnisse. Claudia M.: »Ich habe vor einigen Jahren das gesungene ›Hitradio – Ö3‹ gehört mit der Betonung auf ›ra‹ und als ›I drah di o (ab)‹ verstanden. Schön blöd kontraproduktiv, dachte ich mir.«

Die Ferien von Ö-Fant Ö3

Und Martin P. hörte Elefanten, wo es um Ferien ging. »Ich kann mich erinnern, als ich so drei oder vier Jahre alt war, ist am Sonntag bei uns in den Ferien immer der Ö3-Wecker gelaufen und da hat es dann immer so eine Ansage mit Gesang gegeben: ›... die Ferienwelle von Ö3 ...‹ Ich habe aber immer ›... die Ferien von Ö-Fant Ö3 ...‹ verstanden und habe mich gewundert, welchen Elefant die da meinen.«

Das Sansig-Haus

Auf www.standard.at fand sich ein Posting, in dem sich jemand über die Existenz und Werbung eines Sansig-Hauses wunderte: »Tigern Sie zum Löwen, das Sansig-Haus!« Was Hartlauer in der Werbung wirklich verspricht: »... das zahlt sich aus«.

Medimarkt

»Medimarkt? Kommen da die Mädis her?«, fragte ein Kind. Ob es wohl eine Antwort bekommen hat über die ernüchternde Existenz eines Media-Marktes?

Schlachtzeilen

»Dies sind die heutigen Schlachtzeilen«, beginnen für so manches Ohr die Nachrichten. Und was dann als »Schlagzeilen« folgt, bestätigt den Verhörer täglich aufs Neue.

C-flüssiger Verkehr

Was meinen die beim Radio-Verkehrsdienst wohl, wenn sie den c-flüssigen Verkehr erwähnen? Und gibt es auch a- und b-flüssigen Verkehr? Wohl kaum, denn die Rede ist von »zähflüssigem Verkehr«.

Staub auf der Autobahn

Die Verkehrsmeldung »20 Kilometer Staub auf der Autobahn« hingegen macht durchaus Sinn, wie leidgeplagte

Anrainer von Autobahnen und Schnellstraßen wissen (statt »Stau auf der Autobahn«).

Der alte Nordrand

Und ist beim Wetterbericht alles klar? Auch wenn der Sprecher den »alten Nordrand« erwähnt? Genaueres Hinhören macht aus der greisen Gegend, von der im Geografieunterricht nie zu hören war, den Alpennordrand.

Die Nachbarn im Radio

Und dann und wann schaffen es die eigenen Nachbarn ins Radio. Zumindest hat das Gerlinde P. so gehört: »Ich bin einen Kilometer von meiner Kusine plus Tante und Onkel entfernt aufgewachsen, die ›Schöttl‹ heißen. Beim Radio-Wetterbericht hab ich mich immer gewundert, wieso die extra ansagen, wie beim Schöttl drüben das Wetter ist! (Warum die und nicht wir? Von uns hätten sie es doch genauso gut haben können!) Nach Jahren des Neides teilte man mir mit, dass die Rede vom ›Schöckel‹ (Grazer Hausberg) ist.«

Altfadrige Schornsteinjäger

NOCH MEHR WÖRTER, NOCH WENIGER KLARHEIT

Ein Wort wird falsch verstanden, eine Redewendung missverständlich aufgenommen. Der Fehler nistet sich ein und somit kann der Moment der Erkenntnis lange auf sich warten lassen. Wenn er überhaupt kommt.

Kaminrot

Dieser Verhörer ist wohl nicht auf die Kinderwelt beschränkt. Viele glauben, dass es »kaminrot« heißt, weil es vom »Kamin«, also Rauchfang, kommt, und die sind ja oft rot. In Wirklichkeit heißt es »karminrot«. Karmin ist ein roter Farbstoff.

Schornsteinjäger

Wir bleiben beim Thema Kamin. Die glücksbringenden Männer in den dreckigen Gewändern sprinten von Dach zu Dach und erlegen so manchen Schornstein. Darum heißen sie auch »Schornsteinjäger«. Ach, wie langweilig, es sind bloß »Schornsteinfeger«.

Schornsteinjäger

Sauspieler

Bernhard E. hatte mit einem anderen Beruf seine Probleme: »Meine Eltern haben meine Neigungen zum Grimassieren und Theatralisieren immer mit ›Schauspieler‹ kommentiert – ich, der ich mir nicht vorstellen konnte, was das ist, und der ich bäuerlich hintergründet bin, hab immer nur ›Sauspieler‹ verstanden. Das Umlernen auf das Wort ›Schauspieler‹ (erst im Gymnasium) war ein mühevoller, qualvoller, schmerzlicher, entagrarisierender Prozess.«

Apfeleimer

In einem ökologisch orientierten Haushalt kann es ganz verschiedene Abfalleimer geben. Aber was, zum Teufel, ist ein Apfeleimer? Etwa eine weitere Spezialisierung der Biotonne?

Flachbrettscanner

An was erinnert ein Scanner eher, an ein Brett oder an ein Bett? Wohl eher an ein Brett, oder? Dennoch heißt das superdünne Ding »Flachbettscanner« und nicht »Flachbrettscanner«.

Steckerlhintern

Ein »Steckerlhintern« heißt so, weil er hervorsteht wie ein Steckerl. Nicht weniger fein, aber richtig heißt es Stockerlhintern.

Grasenmäher

Es gibt Gras, es gibt Rasen und es gibt »Grasenmäher«. Genial.

Prinzessin zieht Schiefer

Ein Schiefer im Finger? Der ist schnell heraußen mit einer »Prinzessin«. Die Märchenwelt ist vertraut, warum nicht auch Namen von dort entlehnen? Eine Pinzette hingegen kommt in keinem Märchen vor.

Klobus

Die Oma sprach von einem Globus, einer Miniatur-Weltkugel. Der Vierjährige hörte das Nächstliegende und versuchte sich unter »Klobus« einen Bus als Klo vorzustellen.

Folgsschule

Der Versuch eines Kindes, die Welt zu verstehen: »Gell Mama, die Folgsschule heißt ›Folgsschule‹, weil man dort folgen lernt?« (Volksschule)

Faltenaugen

Maria P. weiß von einer frühen Krankengeschichte: »Als wir das erste Mal in der Volksschule eine Augenuntersuchung machten, diagnostizierte mir die strenge Dame, die nie lächelte, Falkenaugen. Da ich aber aufgrund ihrer Strenge und des ernsten Tons »Faltenaugen« verstanden hatte, war ich natürlich die Einzige mit dieser Diagnose. Schon damals ein ausgeprägter Hypochonder, war ich so eingeschüchtert, dass ich mich nicht traute, es meiner Mutter zu sagen, für ein paar Tage zumindest.«

Ich bitt' um a Zeitung

Ein Mädchen hatte sich bei »Vergehen« der unterschiedlichsten Art mit den Worten zu entschuldigen: »Ich bitte um Verzeihung«. Sie fand es zwar sonderbar, aber weiter nicht sonderlich belastend, zu sagen: »Ich bitt' um a Zeitung.«

Holzscheit feiern

Maria W. schreibt in einem Mail: »Als meine Schwester und mein Schwager heirateten, waren ihre Zwillinge Clemens und Lukas zweieinhalb Jahre alt. Als sie ihnen erklärten, dass sie Hochzeit feiern werden – es gab ein großes Fest –, fragten sie: ›Was? Holzscheit?‹ Die kannten sie von ihrem gemütlichen Kamin.«

Gefährliche Hygiene

»Hygiene ist gefährlich«, behaupteten die Kinder zum Leidwesen ihrer Eltern eines Tages. Ein fataler Irrtum, der bei den »gefährlichen Hyänen« seinen Ursprung hatte.

Stielleben

Ein Stillleben wird gar nicht selten auch als Stilleben bezeichnet. Im Grunde ist das auch nachvollziehbar, denn die dekorativ angerichteten Früchte, das angebissene Stück Brot oder die bunte Blumenvase sind nicht nur still, nein, das Ganze hat auch Stil. Mit einem »Stiel« hat das alles freilich nichts zu tun.

Altfadrig

Das österreichische Wort »altvatrisch« kann auch »altvaterisch« oder »altväterisch« heißen, »altfadrig« allerdings nicht. Es bedeutet und ist zwar altmodisch, mit einem alten Faden hat es aber nichts zu tun.

Umfall

Dieser Verhörer ist mehr als ein »Unfall« und ist nur zu verständlich. Ist es nicht klar, dass man »Umfall« versteht, weil doch in vielen Fällen jemand umfällt?

Unmächtig

Wird jemand »unmächtig«, ist er seines Bewusstseins beraubt und damit wohl auch das Gegenteil von mächtig. Trotzdem heißt das korrekte Wort »ohnmächtig«.

Wehmutstropfen

Ein besonders häufiger Verhörer: »Wehmutstropfen«. Der richtige »Wermutstropfen« jedenfalls hat hier in Sachen Poesie und Wortkraft das Nachsehen.

Torschusspanik

Noch ein Klassiker: Heißt die Angst, etwas nicht mehr erreichen oder erleben zu können, nun »Torschusspanik«

oder »Torschlusspanik«? Hat beides was für sich und vor allem Männer tippen erstaunlich oft auf das Falsche. In der zweiten Staffel der ORF-Containershow »Taxi Orange« führte die Diskussion um das richtige Wort sogar zu einer Wette. Die richtige Antwort: Torschlusspanik.

Mistverständnisse

Und all die hier genannten Irrtümer sind nicht Missverständnisse, sondern »Mistverständnisse«. Verständnis für Mist? Oder weil durch die sprachlichen Verfehlungen so viel Mist entsteht?

Langläufig

»Langläufig« könnte »den Langlauf betreffend« bedeuten, tut es aber nicht, wenn es statt »landläufig« verstanden wurde.

Ohne Gewehr

Wenn etwas ohne Sicherstellung, ohne Bürgschaft geschieht, sagt man auch oft »ohne Gewähr«. Auf alle Fälle friedlich und viel leichter vorstellbar ist »ohne Gewehr«.

Knöchelverzeichnis

Knöchelverzeichnis

Über das »Knöchelverzeichnis« Mozarts stolpert noch heute so mancher Schüler. Tatsächlich heißt es natürlich »Köchelverzeichnis«, benannt nach dem Musikgelehrten Ludwig von Köchel. Und wieder einmal muss ich mich über die Word-Autokorrektur wundern, die Knöchelverzeichnis durchgehen lässt, nicht aber Köchelverzeichnis.

Wegzerrung

Der Reiseproviant, den die Mutter beim Wandertag mitgab, hieß auch »Wegzerrung«. Oder wohl doch richtiger »Wegzehrung«: Das heute kaum mehr gebräuchliche Wort Zehrung lebt übrigens noch in den Worten *verzehren* oder *auszehren* weiter.

Maul- und Clownseuche

Daniel Glattauer schrieb in seiner mit dag gezeichneten Seite-1-Kolumne der österreichischen Tageszeitung »Der Standard« von der Maul- und Clownseuche. Tatsächlich verstehen das so manche Kinder. Die »Maul- und Klauenseuche« hat mit der spaßigen Welt der Clowns freilich rein gar nichts zu tun.

Wolleball

Die Sportart, bei der zwei Mannschaften versuchen, einen Ball übers Netz zu spielen, heißt Wolleball. Warum nur ist bloß der Ball so hart? Vielleicht weil es sich um Volleyball handelt.

Marsband

Und messen tut man mit dem Marsband (statt Maßband). Der Nachbarplanet der Erde hat einen Äquatordurchmesser von 6795 km, das muss halt dann ein wirklich langes Band sein.

Windrose oder Windhose?

Und wieder einmal ein Verhörer, bei dem am Ende fast jeder verwirrt zurückbleibt. Heißt es »Windrose« oder »Windhose«? Die Antwort: Es gibt beide und sie werden verdammt oft falsch verwendet. Die Windrose ist die mit Strichen versehene Skala auf einem Kompass. Die Windhose hingegen ist ein kleinräumiger, schlauchförmiger Wirbelsturm.

Valendienstag

Ebenfalls ein sehr weit verbreiteter Verhörer ist »Valendienstag«. Oft klärt sich das Missverständnis erst mit der Erkenntnis auf, dass der »Valentinstag« auf jeden beliebigen Wochentag und nicht nur auf Dienstage fallen kann.

Mühsam nähert sich das Eichhörnchen

»Mühsam nährt sich das Eichhörnchen«, sagt der Volksmund, wenn er meint, dass Dinge mitunter etwas schleppend passieren. Wer »mühsam nähert sich das Eichhörnchen« versteht, hat wohl ein lahmes oder sonst wie in der Bewegung eingeschränktes Nagetier vor Augen.

Ins Boxhorn jagen

»Ins Boxhorn jagen« ist gut vorstellbar, aber falsch. »Ins Bockshorn jagen« hat natürlich weder etwas mit Boxen noch mit einer Schachtel zu tun. An Hand dieser Redensart, die in etwa »einschüchtern« oder »Angst machen« bedeutet, kann man allerdings sehen, wie widersprüchlich und unklar sprachliche Herleitungen oft sind.

Laut Duden ist das Bockshorn einerseits eine blassgelbe Heilpflanze, andererseits wird angegeben, dass die Redewendung auf die alte Tradition des Haberfeldtreibens zurückgehen könnte, bei dem der Gerügte – in ein Bocksfell gesteckt – durch den Ort gejagt wurde.

Andere leiten die Redewendung vom sich nach innen

verengenden Horn ab, das jemanden vor Angst und Schrecken zusammenschrumpfen lässt, wenn er hinein soll.

Und schließlich verweisen wieder andere auf den holländischen Humanisten Boxhorn, der eine Abhandlung über ein von ihm der römischen Antike zugeordnetes Gedicht verfasst hatte, das jedoch von einem französischen Zeitgenossen stammte, der ihm offenbar einen Streich spielen wollte. Da wäre dann das »x« zurück. Suchen Sie sich eine Erklärung aus.

Der Butler holt den Most

Und noch eine Redewendung: Gleich mehrere lassen »den Butler den Most holen«, wo es doch immer noch »Bartls« Job ist, den Most zu holen. Zumindest zwei Erklärungen kann ich für diese Formulierung anbieten: Einst soll in Leipzig durch die gut gehenden Geschäfte während der Messezeit der Most ausgegangen sein. Der Wirt Barthel soll daraufhin aus dem Weingut seines Bruders Nachschub besorgt haben. Seither weiß angeblich jemand, der den Durchblick hat, wo der Barthel den Most holt.

Die andere Erklärung ist, dass sich Most vom hebräischen »maoth« (Münze) ableitet. Barthel wiederum ist eine Ableitung des Gaunerwortes »barsel« (Brecheisen). Und mit einem Brecheisen kommt man schnell mal zu Geld.

Im Schacht halten

Jemanden »im Schacht halten«, das ist gut vorstell- und verstehbar. Wer in einem Schacht gehalten wird, kommt da nur schwer wieder heraus. In Wahrheit heißt es »in Schach halten«, und das geht natürlich auf das königliche Spiel Schach zurück und dessen Name wiederum auf das persische »sah« (König).

Fünf Grad sein lassen
Die Redewendung »fünf gerade sein lassen« meint den Dingen ihren Lauf lassen. In Österreich wird diese Formulierung eher selten gebraucht und so verstand ein Mädchen »fünf Grad« sein lassen und hielt das für ziemlich kalt.

Aufhusten
Das mundartliche Wort »jemanden aufhussen« (aufhetzen) heißt für Kinderohren wenig. Also versteht das Kind »aufhusten« und schon gibt es ein Bild zu dem seltsamen Wort.

Abba
Die Straße ist »abba« wurde verstanden, wohl nicht ganz ohne Assoziation mit einer schwedischen Popgruppe. In der schnöden Wirklichkeit ist die Straße ganz unmusikalisch »aper«, also schneefrei.

Nirganz
Sie kennen das bestimmt: Ein Wort klingt plötzlich seltsam, man spricht es immer und immer wieder aus, stellt es sich vielleicht geschrieben vor. Aber anstatt wieder an Normalität zu gewinnen, verliert es an Vertrautheit. Probieren Sie es einmal mit dem Wort »nirgends«. Da kommt einem der Verhörer »nirganz« mit einem Male vertraut und plausibel vor.

Oberheldprojektor
Der Verhörer »Oberheldprojektor« entspringt natürlich einem Bubenhirn, weckt er doch allerlei Assoziationen mit Super-, Spider- oder Batman. Wie langweilig und fantasielos ist im Vergleich dazu das Wort »Overheadprojektor«?

Seecircus
Dagegen stammt der »Seecircus« von einem Mädchen.

Doch leider, statt Pferden, Clowns und Artisten in der Manege verbergen sich hinter dem richtigen Wort »Sezierkurs« nur medizinische Geräte und Spitalsatmosphäre.

Sternnagelvoll

Ob es nun »sternhagelvoll« oder »sternnagelvoll« heißt, beides klingt nach einem bösen Zustand. In der richtigen Version hagelt es Sterne.

Es wird mit dem Sommerton …

Sie ist ein wenig aus der Mode gekommen: die Zeitauskunft. Aber wir haben es alle noch in den Ohren: »Es wird mit dem Summerton …« Nur einmal im Jahr kann es folgende Zeitansage geben: »Es wird mit dem Sommerton …«

Professorisch

Ein Verhörer, an dessen häufigem Auftreten im Internet man ablesen kann, dass er weit verbreitet ist, betrifft das Wort »provisorisch«. »Warum«, so fragte sich ein Mädchen einst, »wird das Wort ›professorisch‹ eigentlich so seltsam eingesetzt? Das klingt doch, als ob es für Qualität bürgt.«

Außertürlich

»›Außertürlich‹ heißt so, weil es eine logische Ausnahme von ›natürlich‹ ist«, wurde nachvollziehbar argumentiert. Tatsächlich heißt es »außertourlich« (in Österreich für »aus der Reihe«).

Mehrtürer

Apropos Tür: In einer Religionsarbeit schreibt ein Kind vom Mehrtürer. Was auch immer der Gedanke dahinter war, dem Märtyrer werden auch noch so viele Türen nicht gerecht.

Anderwertig

Und »anderwertig« sagt man wohl, weil es um einen anderen Wert geht. Wieder logisch, aber wieder falsch. Richtig heißt es: »anderweitig«.

Autos operieren

Kaputte Autos müssen operiert werden. Klar. Oder werden sie nicht doch eher repariert?

Neger-tiv

Wer »negertiv« hört, mag an Schwarzafrika denken. Doch die richtigen Worte heißen politisch korrekt »Negativ« oder »negativ«. Sie haben nichts mit Afrika zu tun, dafür sehr viel mit der Bedeutung »verneinend, ablehnend, schlecht« oder im Fall des Hauptwortes mit einem »Umkehrbild«.

Kein Fußball den Faschisten

»Kein Fußball den Faschisten«, verstand ein Mädchen und schien damit die politische Aussage nicht ganz verstanden zu haben. Tatsächlich heißt die Losung: »Kein Fußbreit den Faschisten!«

Untriebig

In seltenen Fällen meint das falsch gehörte Wort das exakte Gegenteil von der ursprünglichen Bedeutung. So geschehen bei »untriebig« statt »umtriebig« – ein Verhörer, der nicht nur einmal vorkommt. Ein Beispiel aus dem Internet: »Er, 26, Berlin, humorvoll, gebildet und sexuell untriebig, sucht Frau, die das mitmacht.« Ganz und gar ohne Triebe also, der Gute. Ob er wohl die passende Frau gefunden hat?

Glassichthülle

Die »Glassichthülle« hat ihren Namen, weil sie einen Blick auf den Inhalt ermöglicht wie eben auch Glas. Glasklar? Nein, nur klar. In Wirklichkeit heißt das praktische Ding »Klarsichthülle«.

Parkett in Arbeit

»Parkett in Arbeit« wurde verstanden. Und warum auch nicht: der getäfelte Fußboden braucht auch seine Pflege! Auf der Straße allerdings heißt es wohl eher »Bankett in Arbeit«.

Baff erstaunt und blass erstaunt

Und? Haben Sie auch schon eigene Verhörer entdeckt? Sind Sie »baff erstaunt« oder gar »blass erstaunt« ob so vieler Irrtümer und ewig mitgeschleppter Missverständnisse? Natürlich, Sie haben Ihre Gesichtsfarbe behalten und sind bestenfalls »bass erstaunt«. Auch wieder ein Fall, wo der Verhörer das Original an Verständlichkeit und Logik übertrifft.

Links- und Rechtshändler

Linkshändler heißen so, weil sie alle Handlungen mit der linken Hand durchführen, Rechtshändler handeln mit rechts. Dem ist nichts entgegenzusetzen, dennoch heißen sie Links- und Rechtshänder.

Säufer am See

Mutter und Sohn Christoph urlauben am See:
Christoph: »Mama, schau, da schwimmen Schiffe.«
Mama: »Das sind keine Schiffe, das sind Surfer.«
Christoph: »Aha, Säufer.«
Die Korrektur kommt nicht mehr an. Christoph schreit seither laut am Strand: »Mama, schau, lauter Säufer!«

Zirkus Renz

Das Nesthäkchen aus der gleichnamigen Kinderbuchreihe von Else Ury hörte von einer Konferenz sprechen und wollte offenbar ganz anderes verstehen. Heraus kam »Zirkus Renz«.

Alfraubet

Einer der herzigsten Verhörer: »Alfraubet«. Gegenständlich und vorstellbar. Das frauenlose »Alphabet« hingegen ist für Sprachrezipienten mit wenigen Jahren und mangelnden Altgriechischkenntnissen nur schwer zu akzeptieren.

Parlamentsdepperte

Bei diesem Verhörer ist jeder Kommentar so aufgelegt, dass er schon wieder verzichtbar wird: »Parlamentsdepperte«. Tatsächlich war die Rede von der »Parlamentsdebatte«.

Waldjanker

Die Worte »Walk« und »walken« stiften einige Verwirrung: Ein »Waldjanker« heißt Waldjanker, weil man ihn auch im Wald anziehen kann und weil ihn mitunter auch Jäger anziehen. Logisch, aber leider falsch. Tatsächlich heißt die Jacke »Walkjanker«. Das Verb »walken« (prügeln, kneten, gehen) spielt seit jeher in der Tuch- und Lederverarbeitung eine Rolle. Das Herkunftswörterbuch weiß darüber: »Der Walker trat oder stampfte die Wolle ursprünglich mit den Füßen oder wälzte sie in einem Trog und knetete die Häute mit den Händen, um sie geschmeidig zu machen.«

Drüsenflugzeug

Ein Düsenflugzeug hat Düsen. Hat dann ein »Drüsenflugzeug« Drüsen?

Just am End

»Just am End« noch ein Verhörer, der sich selbst erklärt. Bleibt höchstens die Frage, ob man es nach der neuen Rechtschreibung »just am End« oder »justamend« schreibt. Weder – noch. Das richtige Wort heißt »justament«, aber das ist vielen, sehr vielen nicht bekannt.

Ohrschlauch und Foarradlberg

BEDEUTUNGSVERLUST DURCH DIALEKT

Es kommt natürlich vor, dass man – konfrontiert mit Dialekt – überhaupt nichts mehr versteht. Mitunter betrifft das Unverständnis aber auch nur einzelne Wörter.

Drei Vorstrafen

Drei Vorstrafen am Gürtel

Wer in Wien den Führerschein macht, ist auf Gedeih und Verderb den Fahrschullehrern ausgeliefert. Und ihrer Sprache! Die ist oft unverständlich, und das nicht nur ob der technischen Ausdrücke.

So verwirrte ein Fahrlehrer seine Schülerin mit folgender Feststellung: »Am Gürtel (Anm. d. A.: Wiener Hauptverkehrsroute) ham S' drei Vorstrafen.« – »Ich habe blöderweise auch noch öffentlich im Kurs gefragt, wieso …«, erzählt sie heute. Jedenfalls erfuhr sie auf diese Weise, dass er auf seine Art von drei »Fahrstreifen« gesprochen hatte.

Nur a PS

Ein anderer angehender Autofahrer sah sich von dem neben ihm im Wagen sitzenden Fahrlehrer mit folgender Frage konfrontiert: »Wos is, won i ins Schleidern kum und nur a PS hob?« Der junge Mann verstand »ein PS« und wunderte sich, dass man damit ins Schleudern kommen kann. Tatsächlich sprach der Urwiener vom Anti-Blockier-System, kurz ABS.

Zuckerle in der U-Bahn

Natürlich kommt auch der umgekehrte Fall vor. Etwas wird hochdeutsch ausgesprochen und vom Dialekt gewohnten Ohr falsch verstanden. Eine junge Tirolerin war hoch erfreut, als sie in der Wiener U-Bahn die Ansage »Zuckerle« hörte. Was die anderen hörten? »Zug fährt ab.« Die selbe Ansage wurde in einem anderen Fall zum bedeutungslosen »Shentawer«.

Milchspeise

In der Steiermark sagt man zur Mehlspeise »Möchspeise«. Kein Wunder, dass mitunter auch »Milchspeise« verstanden wird.

Bahnknödel

Eine Anekdote aus dem Burgenland: Der Vater arbeitete bei der Bahn, und wenn er nach Hause kam, hatte die Großmutter extra für ihn ein Essen gerichtet. »Baoknödel« hieß das Gericht, was die Tochter Alexandra zum Beruf des Vaters passend als »Bahnknödel« interpretierte. Was wirklich auf dem Teller landete? Bohnenknödel.

Räuberknödel

In einem anderen Haushalt hörte das Kind mit Gruseln von Räuberknödeln sprechen. Zu Schweinsbraten und Sauerkraut passend gab es dann aber doch nur Reibeknödel, eine Art Kartoffelknödel.

Gefährliche Bücher

»Ich wurde von meiner Oma gewarnt, die Türe zuzusperren, weil draußen so viele ›Bücher‹ herumlaufen«, erzählt Doris S. heute. Die Auflösung: Großmutter sorgte sich vor den vielen »Pülchern«, womit auf Österreichisch Pilger oder auch Gauner, Strolche und Manierlose gemeint sind.

Ohrschlauch

Und wenn wir schon bei der schimpfwörtlichen Benennung von Menschen sind, hier noch ein oft genannter Verhörer. Martina A. erzählt: »Also, ich hab mich lange Zeit gewundert, warum ›Ohrschlauch‹ überhaupt und noch dazu so ein schlimmes Schimpfwort ist. Schätze, in der Schule hab ich dann herausgefunden, dass es eher ›Oaschloch‹ ist …«

Werner und Weaner

Der Cousin einer Verhörer-Lieferantin hieß Werner. Von ihm war oft die Rede und auch in gar seltsamen Zusammenhängen. Irgendwann klärte sich für die junge Oberösterreicherin das Rätsel auf: Mit »Weaner« sind auch die Bewohner der Hauptstadt Wien gemeint.

Krawatten

Eine andere wiederum wunderte sich, in welch seltsamen Zusammenhängen von Krawatten die Rede ist. Die späte Erkenntnis, dass mit »Krawodn« die Kroaten gemeint sind, klärte dann einiges.

Foarradlberg

Und auch das westlichste Bundesland soll nicht zu kurz kommen. Von »Foarradlberg« war die Rede und damit offenbar von Fahrrädern. Vorarlberg wurde erst viel später verstanden.

»Alle hopp!«
ZWISCHEN ZWEI SPRACHEN GEHT DER SINN VERLOREN

Was wäre besser geeignet, um Verhörer zu kreieren, als ein Mix verschiedener Sprachen. Mangelnde Kenntnis fremder Wörter wird kompensiert mit Sinnstiftung in der eigenen Sprache.

Wie viel Uhr?
Johann Peter Hebel schreibt: »Im 90er-Krieg, als der Rhein auf jener Seite von französischen Schildwachen, auf dieser Seite von schwäbischen Kreis-Soldaten besetzt war, rief ein Franzose zum Zeitvertreib zu der deutschen Schildwache hinüber: ›Filou! Filou!‹ Das heißt auf gut Deutsch: Spitzbube. Allein der ehrliche Schwabe dachte an nichts so Arges, sondern meinte, der Franzose frage: ›Wie viel Uhr?‹ und gab gutmütig zur Antwort: ›Halber vieri‹.« (Hebel 1997, S. 259)

Heinz
Das ist der Moment, da der Autor höchstpersönlich seinen peinlichsten Verhörer zum Besten gibt und zugleich seine völlige Inkompetenz in Sachen Fußball eingesteht. Bei der Übertragung irgendeines Fußballmatches (in meinem dritten Lebensjahrzehnt) habe ich lauthals und selbstbewusst die Handberührung beim Kicken »Heinz« genannt. Kurzes Schweigen bis jemand fragte: »Wie sagst du dazu?« – »Na, Heinz.« Gelächter. Ich hatte mir bis dahin nie Gedanken darüber gemacht, dass es sich schlicht und einfach um das englische Wort für Hände, »hands«, handelt.

Faul
In »Wickie, Slime und Piper«, um beim Thema Ball zu

bleiben, berichtet eine Mona, sie hätte »foul« als »faul« verstanden, was angesichts der am Boden stattfindenden Verweigerung, weiterzuspielen, durchaus Sinn macht.

Don't Menschen eat

Schwerer in einen Kontext zu bringen ist der Verhörer, den »don't mention it« (»nicht der Rede wert«) hervorrief. »Don't Menschen eat«, dem ist zwar uneingeschränkt zuzustimmen, aber die Erwähnung passte nicht immer in den Zusammenhang.

Agent Orange

Auch »age and orange« statt des chemischen Giftes »Agent Orange« hält wohl keiner kritischen Betrachtung stand.

Kindnapper

Die Warnungen vor Menschen verschleppenden Räubern gehören in der Kindheit zu den gruseligsten Geschichten überhaupt. Da die Opfer in jugendlichen Köpfen meist hilflose Kinder sind, werden aus den »Kidnappern« offenbar häufig »Kindnapper«.

Rieglers Deutschhefte

Eva Male beschreibt in der »Presse« die hilflose Übersetzung von »Reader's Digest« in »Rieglers Deutschhefte«. (Male 1997)

Hepi Bürsti

Mit dem Geburtstagslied »Happy birthday« werden auch deutsch sprechende Kinder meist früher konfrontiert, als sie die englische Sprache beherrschen. Also reimt sich das Kind seinen Teil zusammen und landet bei »Heppi Perper Juhuu!« oder fragt sich, was in »Hepi Bürsti« die Bürste tut.

Tschicks for free

Allerlei Rätsel birgt auch die Textzeile »Money for nothing and your chicks for free« der australischen Band Dire

Straits. Nicht wenige Jugendliche aus dem Wiener Raum verstanden, dass die Tschicks, also die Zigaretten, frei seien. Auch die Assoziation mit Hühnchen soll vorgekommen sein. Die Lösung des Rätsels: »Chicks« bezeichnet im amerikanischen Englisch auch junge Mädchen.

I'm a danish, I'm a danish

Auf www.kissthisguy.com, einem offenen Forum, werden schon seit vielen Jahren Verhörer in Liedtexten gesammelt. Die Poster von Beiträgen werden hier auch aufgefordert anzugeben, wie alt sie waren, als ihre Missverständnisse aufflogen, und ob sie sie besser fänden als die Originale. Da fast nur englische Titel aufgenommen werden, kann es hier nicht als Quelle dienen. Die Verwandlungen eines Songs allerdings sollen hier doch erwähnt werden, weil es sich um das vielleicht erfolgreichste Lied aller Zeiten eines Österreichers handelt, Falcos »Rock me Amadeus«. Lee St. auf www.kissthisguy.com (Übersetzung des Autors): »Der echte Text lautete: ›Amadeus, Amadeus, Amadeus, Amadeus, Amadeus, Amadeus.‹ Aber meine Mutter verstand stattdessen: ›Hot potatoes, hot potatoes, hot potatoes, hot potatoes‹ etc. Der Moment der Aufklärung: Sie fuhr meine Freunde von einem Spiel nach Hause und dachte, sie wäre cool und sang laut mit dem Radio mit. Meine Freunde machen sich noch heute über sie lustig! Alter, als sie erkannte, dass es sich um einen Irrtum handelt: 40.« Heiße Kartoffeln also statt Mozart.

Andere meinten statt des mit Vornamen titulierten Komponisten »Apple Danish, Apple Danish« oder – noch elaborierter – »I'm a danish. I'm a danish. I'm a danish. I'm a danish. Come on and eat me. I'm a danish« zu hören. Gemeint sind wohl vor allem die Mehlspeisen »danish pastries«. Womit einmal mehr Edwards These, dass sich Verhörer doch meist ums Essen drehen, bestätigt wäre.

Du warst doch schaut

Ein anders Lied von Falco, das so manches Sprachrätsel aufgibt, ist »Jeannie«. »Und du hast gesagt ›mach mich nicht an‹, aber du warst doch schaut. Augen sagen mehr als Worte«, verstand jemand und hielt »schaut« für ein englisches Wort, das so etwas wie scheu bedeutet. Grundsätzlich wäre das nicht ausgeschlossen, wo das Lied doch auch einige englischsprachige Elemente hat. Doch was der Mädchen-Entführer in dem Lied wirklich sagt, ist: »du warst durchschaut«.

Gas, Gas, Gas

In einem anderen Fall machte ein Bub aus Sailors »Girls, girls, girls« »Gas, Gas, Gas«. »Ich hätte dafür sicher den Ehrenpreis der Wiener Gaswerke verdient«, meint er zwei Jahrzehnte später.

Hey, Fernando

Und der Sohn von Marion W. überraschte seine Eltern eines Tages, als er das Lied »Hey Fernando, hey Fernando!« nach Hause brachte. Die Auflösung folgte bei der Martinsfeier. Der Verhörer hatte seinen Ursprung in dem Lied: »Liebt einander, helft einander!«

»no gregorian«

Auch das Französische hat seine Tücken. So assoziierte jemand in jungen Jahren mit Edith Piafs »No je ne regrette rien« ein ganz und gar nicht französisches, aber umso sakraleres: »… no gregorian …«

Alle hopp!

Und für Barbara P. war klar, dass die wunderschönen Pferde im Zirkus mit »Alle hopp!« in Bewegung gehalten wurden (»Allez hop!«). »Ich habe mich nur gewundert, dass sie das auch verwenden, wenn nur ein einzelnes Pferd in der Manege war.« Erst später verstand sie, dass es hier

Alle hopp!

nicht um »alle« Pferde geht, sondern um das französische »aller« (gehen).

Der Riese haust in New Orleans

Zum Abschluss noch ein oft genannter Klassiker, angeblich hat ihn Ludwig Hirsch auch einmal in Radio Burgenland als Hörerwunsch vorgelesen: »Der Riese haust in New Orleans.« Wie das Lied ganz ohne Riese wirklich heißt: »There is a house in New Orleans«.

»Liebesleben der Orangen«

KLASSISCHE MUSIK, LEICHT DANEBEN

Die Arbeit in einem Musikgeschäft kann äußerst unterhaltsam sein, vor allem wenn man genau hinhört, was die Kunden so für Wünsche haben. Über viele Jahre haben die Angestellten des Wiener Verlages und Musikhauses DOBLINGER die kuriosesten Kundenbestellungen gesammelt. Einige davon waren nur mit kriminalistischem Geschick und großem Einfühlungsvermögen zu enttarnen. Im Jahr 1991 gab das traditionelle Haus ein Heftchen mit diesen Missverständnissen heraus (siehe PANY, 1991). Viele davon sind ganz eindeutig Verhörer. Ich danke Frau Christine Prindl von DOBLINGER, einige davon hier veröffentlichen zu dürfen.

Akkordeonschule für 72 PS

Ein Kunde bestellte die »Akkordeonschule für 72 PS«. Pferdestärken im Musikfachhandel? Nicht ganz, der Käufer verließ das Geschäft schließlich mit der »Akkordeonschule (72 Bässe)«.

Investitionen, Interventionen und Injektionen

»Inventionen und Sinfonien für Klavier und Cembalo«, schrieb Johann Sebastian Bach dereinst. Bei den Hörern wurden daraus fallweise »Investitionen«, »Interventionen« und »Injektionen«.

Bartók, »der Barbar«

Béla Bartók heißt der Komponist und »Allegro barbaro für Klavier« eines seiner Werke. Bis zum Geschäft wurde daraus »Bartók, der Barbar«.

»Für Tochter Elise«, »für Anneliese« und »an Luise«

Eines von Ludwig van Beethovens Klavierstücke hat schon für so manche Verwirrung gesorgt. Für wen ist es denn nun geschrieben? »Für Tochter Elise«, »für Anneliese« oder gar »an Luise«. Der zuletzt völlig gehörlose Beethoven hätte für solche Missverständnisse eine gute Ausrede gehabt. Er komponierte übrigens »für Elise«.

Erotica

Beethovens dritte Symphonie heißt Eroica und nicht »Erotica«. Viele haben es gehört. Und Hand aufs Herz, wer hat nicht zumindest schon einmal eine solche Assoziation gehabt?

Klänge des Meeres

Antonín Dvořák schrieb die »Klänge aus Mähren« für zwei Singstimmen und Klavier. »Klänge des Meeres« kam bei den Ohren eines Musikliebhabers an.

Auf einer persischen Yacht

»Auf einem persischen Markt« heißt ein Werk von Albert W. Ketelbey, »Auf einer persischen Yacht« der Wunsch eines Kunden.

Verkommener Komponist

Hier war wohl etwas mehr als ein Verhörer nötig: Aus Johann Matthesons »vollkommener Kapellmeister« wurde der »verkommene Komponist«.

Max im Salz und Max im Sack

Der Komponist Josef Maxincsak ist nicht gar so bekannt und hat einen schwierigen Namen. Ähnlich, aber viel bildhafter klingen da »Max im Salz« und »Max im Sack«.

Klein Müllers Dorli

Jazz kann jeden erreichen, warum nicht auch Dorli, oder genauer »klein Müllers Dorli«? Dank fantasiebegabter

Verkäufer ist der Kunde schließlich mit der »Glenn Miller Story« nach Hause gegangen.

Mozart, Hosenarie

Wolfgang Amadeus Mozarts Oper »Figaro« gehört zu den Meisterwerken der klassischen Musik. Vor allem die berühmte »Hosenarie«. Knapp daneben, sie heißt – deutlich romantischer – »Rosenarie«.

Liebesleben der Orangen

»Die Liebe zu den drei Orangen« komponierte Sergei S. Prokofieff und bot damit einem Hörer die Möglichkeit, daraus das »Liebesleben der Orangen« zu machen.

Wie eiskalt ist dies Hähnchen

Puccini, Wie eiskalt ist dies Hähnchen (Bohème-Verlag)

Das muss dem Kunden schon auch selbst seltsam vorgekommen sein, als er von Puccini »wie eiskalt ist dies Hähnchen« nachfragte und ergänzte, es sei im Bohème-Verlag erschienen. Immerhin der Komponist passt. Komponiert allerdings hat er die Oper »La Bohème« und eine der Arien heißt ganz geflügellos »Wie eiskalt ist dies Händchen«.

Herzlich lieb hass ich dich

»Herzlich lieb hass ich dich« verstand und bestellte ein Kunde. Also was denn nun, lieben oder hassen? Die Antwort gibt Heinrich Schütz. Er schrieb »Herzlich lieb hab ich dich« für Alt, zwei Violinen und Basso continuo.

Acht-Generationen-Walzer

»Acht-Generationen-Walzer«? Das ist wohl selbst zu Johann Strauß' Zeiten ein Ding der Unmöglichkeit gewesen. Und schließlich komponierte Strauß ja auch den »Accelerationen-Walzer«.

Strauss, freundliche Invasion

Diesmal Richard Strauss: »Freundliche Vision« für Gesang und Klavier« heißt ein Werk. Ein wohl von den Nachrichten beeinflusster Kunde machte daraus die in sich etwas widersprüchliche »freundliche Invasion«.

Das taugliche Training

»Das taugliche Training« von Luise Walker bestellte ein Kunde. Der Verkäufer muss geschmunzelt haben, als er »Das tägliche Training für Gitarre« auf die Theke legte.

Musikverlag Döbling

Und all diese Missverständnisse verdanken wir den Angestellten des Musikhauses aus dem 19. Wiener Gemeindebezirk »Musikverlag Döbling«. Nein, nein, der Verlag heißt immer schon und auch in Zukunft DOBLINGER und er logiert noch immer im 1. Bezirk.

Hump und Dump

POLITISCH MOTIVIERTE BZW. UNTERSTELLTE VERHÖRER

Die meisten Beiträge in diesem Büchlein haben mir Erwachsene zugetragen, denen die Verhörer als Kinder ganz einfach passiert sind. Im folgenden Kapitel geht es um strategisch eingesetzte Verhörer von Erwachsenen. Und im Grunde um das genaue Gegenteil von tatsächlichen Verhörern. Österreichische Politiker, immer von ein und derselben Partei, werden mit eigenen problematischen Äußerungen konfrontiert, leugnen daraufhin, sie gemacht zu haben, behaupten irgendwelche sinnlosen Wörter verwendet zu haben und unterstellen anderen, etwas nicht richtig gehört zu haben. Paradox, aber das Ganze hat System.

Lump, Hump oder Dump

Die Vorgeschichte: Als sich einige Monate nach den Nationalratswahlen vom Oktober 1999 eine Koalition aus Österreichischer Volkspartei (ÖVP) und der rechts außen angesiedelten Freiheitlichen Partei (FPÖ) abzeichnete, war der damalige Bundespräsident Thomas Klestil bekanntermaßen unglücklich damit. Bevor er aber am 4. Februar 2000 mit versteinerter Miene die Regierung angelobte, lehnte er noch zwei vorgeschlagene FP-Minister ab. Neben Thomas Prinzhorn schien ihm auch Hilmar Kabas nicht ministrabel, weil er als Obmann der FP Wien für einen ausländerfeindlichen Wahlkampf verantwortlich war.

Beim Ordentlichen Landesparteitag der FPÖ Wien am 7. Mai 2000 hatte Kabas daraufhin den österreichischen Präsidenten Thomas Klestil als »Lump« bezeichnet. Kabas wörtlich: »Er (Klestil, Anm. d. A.) hat sich wie ein Lump benommen und es ist eine Schande, dass wir so einen Präsidenten haben.« Später von der APA zu dieser Aussage befragt, unterstellte er allen, sich verhört zu haben, und meinte: »Ich kann mich an nichts erinnern. Das war eher ein Geblödel. Lump habe ich aber im Zusammenhang mit Klestil nicht gesagt. Es war so etwas wie Hump oder Dump, aber so genau weiß ich das nicht mehr.«

Spott und Hohn waren Kabas sicher, Zeitungskommentatoren nahmen den Input dankbar auf und kreierten jede Menge neuer Worte: Chefhump, Landeshumpmann, Humpelfilzchen, Humpftata, Humpazivagabundus, Dumpazivagabundus, Hump-Attacke, Verhumpdumpung.

Hump-Dump wurde Ende desselben Jahres vom Institut für Germanistik der Universität Graz hinter »soziale Treffsicherheit« zum Unwort des Jahres gekürt. Prof. Rudolf Muhr zur Begründung: »Hier handelt es sich um ein UN(sinn)WORT im eigentlichen Sinn, denn ›normale‹ Wörter haben einen Sinn. Diese beiden Wörter haben weder einen Sinn, noch gibt es sie im österreichischen Deutsch oder in irgendeinem anderen Deutsch. Sie wurden von ihrem Schöpfer aus Verlegenheit erfunden, ohne dass er je hätte angeben können, was sie bedeuten. Dabei ist es bis heute geblieben. Als Unwort kann es wohl auch deshalb betrachtet werden, weil das vermutlich tatsächlich Gesagte damit verhüllt bzw. abgestritten wurde, obwohl Ohrenzeugen das Gegenteil zu berichten wussten.« Ach ja, Kabas wurde auf diesem Parteitag noch mit 94 Prozent als Landesobmann wieder gewählt. NEWS-Journalist Alfred Worm: »Man könnte sich anmotzen.«

»Dann kommt die Trunk«

Die blau-schwarze Regierung setzte in ihrer ersten Regierungsperiode selbst für den an politische Interventionen gewöhnten ORF neue Maßstäbe. Jörg Haider sprach von

»linken Widerstandsnestern« und ÖVP-Klubchef Andreas Khol von »roten G'friesern« im ORF. Als Meister des Interventionismus allerdings entpuppte sich FP-Klubchef Peter Westenthaler.

Im Jänner 2002 plante die Redaktion der ORF-Sendung »Betrifft« eine Diskussionsrunde mit dem Titel: »Zwischen Neuwahlen und Neustart«. Alle vier Klubobleute der im österreichischen Parlament vertretenen Parteien sollten teilnehmen, also kontaktierte ein ORF-Redakteur auch Peter Westenthaler. Der Journalist blitzte ab, als Westenthaler erfuhr, dass die Sendung von Johannes Fischer geleitet werde. Am frühen Abend rief der Klubchef noch einmal in der Redaktion an und meinte: »Ich gehe davon aus, dass die Sendung nicht zustande kommt, wenn Khol und Westenthaler absagen. Wenn die Sendung trotzdem zustande kommt, gibt es ordentlich Stunk.«

Der ORF ließ an diesem Abend eine Journalisten-Runde zum Thema sprechen, veröffentlichte aber das Gesprächsprotokoll in den Medien. Westenthaler, um keine Ausrede verlegen, bestritt daraufhin, gedroht zu haben und ortete kapitale Hörfehler beim Österreichischen Rundfunk. Er hätte vielmehr gesagt: »Dann kommt die Trunk!« Gemeint war die Bundesrätin Melitta Trunk. Was die SPÖ-Politikerin allerdings mit der Sache zu tun haben sollte, konnten weder er noch die völlig überraschte Trunk erklären.

Der verwehte Finanzminister

Nach Platzen der ersten schwarz-blauen Regierung unternahm Bundeskanzler Wolfgang Schüssel entgegen allen Warnungen einen zweiten Versuch mit den bei den Wahlen abgestürzten Freiheitlichen. Die ÖVP war bei dem Wahlgang nicht zuletzt durch Karl-Heinz Grasser Erste geworden. Der smarte wie (damals noch) beliebte Finanzminister hatte sich von der FPÖ losgesagt und in den Dienst der ÖVP gestellt. Haider und viele andere FPÖ-Politiker ließen an Grasser in der Folge kein gutes Haar.

Der von Klestil als Minister zurückgewiesene Industrielle Thomas Prinzhorn war inzwischen doch noch zweiter Präsident des Nationalrates geworden. Mitte November 2002 durfte auch er einen »Hörfehler« korrigieren.

Nach dem Ende einer Pressekonferenz in Linz entwickelte sich ein Dialog, den der Leiter der Innenpolitik-Redaktion des »Volksblattes«, Walter Salzmann, mit der Frage eröffnete, wie er, Prinzhorn, Grasser beurteile, den Haider als »Verräter« bezeichnet habe.

Prinzhorn: »Na, ich hab das als ›Verwehter‹ verstanden.«

Salzmann: »Bitte?«

Prinzhorn: »Ich hab das anders verstanden, ich glaub, das haben Sie nicht richtig gehört – ›Verwehter‹ hat er gemeint.«

Salzmann: »Verräter?«

Prinzhorn: »Nein, Verwehter.«

Grasser ist ein Verwehter

Warum all die »Mistverständnisse«?

LINGUISTISCHE UND PSYCHOLOGISCHE HINTERGRÜNDE*

Das Phänomen Kommunikation

Führt man sich vor Augen, was bei (verbaler) Kommunikation alles klappen muss, wundert man sich schnell, dass sie überhaupt funktioniert. Es gibt einen Sender, der ein Zeichen ausschickt, einen Kanal, über den dieses Zeichen vermittelt wird (z. B. wird per Telefon gesprochen oder es dient in direkter Kommunikation die Luft als Kanal), und einen Empfänger (Rezipient), der das Signal empfängt. Basis für das Verstehen ist, dass sich Sender und Empfänger über die Bedeutung des Zeichens einig sind. Genau das ist im Falle von Verhören nicht mehr gegeben. Das, was gesendet wird, ist mit dem, was empfangen wird, nicht mehr identisch. Die Ursache für die Bedeutungsveränderung oder den Bedeutungsverlust kann beim Sender liegen (er verwendet ein Fremdwort falsch, verspricht sich, betont ungewöhnlich ...), beim Kanal (rauschende Telefonleitung ...) oder beim Empfänger (hört schlecht, kennt das Wort nicht, ordnet die Äußerung in den falschen Kontext ein etc.).

Sprachliche Missverständnisse aller Art

Verhörer sind nur eine von verschiedenen sprachlichen Fehlleistungen. Im Gegensatz zu anderen, vor allem den Versprechern, hat die Wissenschaft ihnen bislang noch wenig Beachtung geschenkt. Kein Wunder: Während Irrtümer beim Sprechen relativ leicht zu dokumentieren sind, müssen Verhörer von den Rezipienten selbst erst als solche

* gemeinsam mit Elisabeth Gräf

wahrgenommen und eigens wiedergegeben werden. Das erschwert wissenschaftliche Analysen ganz eindeutig.

Vieles, was allerdings über Versprecher gesagt und geschrieben wurde, ist auch für Verhörer gültig, so zum Beispiel mögliche Rückschlüsse auf die Organisation des mentalen Lexikons.

Als wissenschaftlicher Auftakt zum Thema sprachliche Fehlleistungen gilt ein Werk des deutschen Sprachwissenschafters Rudolf Meringer gemeinsam mit dem Neurologen Carl Mayer aus dem Jahr 1895 (Meringer/Mayer 1895). Wenn sie ihr Augenmerk auch hauptsächlich auf Versprecher legen, so finden sich in ihrem Werk doch auch 48 Verhörer. Ihr Interesse galt vor allem den Fragen, »welche psychologischen Mechanismen zu sprachlichen Fehlgriffen führen, welche sprachlichen Einheiten von diesen Mechanismen erfasst werden können und welche psychologisch-linguistische Struktur die Versprecher haben« (Leuninger 1993, S. 82).

Das führt zu allerlei Erkenntnissen, die wohl nur Linguisten wirklich interessieren, etwa dass Konsonanten hörfehleranfälliger sind als Vokale oder inwieweit beim Verhören Silben und Wortgrenzen relevant sind. Die Kurzfassung: Sprachliche Missverständnisse und damit auch Verhörer können praktisch immer und überall passieren.

Wenn Meringer und Mayer auch eher an den linguistischen Aspekten interessiert sind, so betonen sie doch auch die psychischen Einflüsse. Sie gehen auf Substitutionen ein, »Sprachfehler, welche darin bestehen, dass man ein Wort durch ein ähnliches, aus irgendeinem Grunde dem Bewusstsein mindestens augenblicklich näher liegendes Wort ersetzt.« (Meringer/Mayer 1895, S. 71)

Hier setzt Sigmund Freud im Jahr 1904 (erste Fassung)

mit seinem Buch »Psychopathologie des Alltagslebens« an. Interessanterweise behandelt er zwar die Fehlleistungen Vergessen, Versprechen, Verschreiben und Verlesen, nicht aber das Verhören.

Warum all die Mistverständnisse?

Für den Psychoanalytiker sind fast immer psychische Ursachen, etwa unbewusste Wünsche, Grund für Versprecher. In der ihm eigenen Sprache schreibt er: »Fast regelmäßig entdecke ich überdies einen störenden Einfluss von etwas außerhalb der intendierten Rede, und das Störende ist entweder ein einzelner, unbewusst gebliebener Gedanke, der sich durch das Versprechen kundgibt und oft erst durch eingehende Analyse zum Bewusstsein gefördert werden kann, oder es ist ein allgemeineres psychisches Motiv, welches sich gegen die ganze Rede richtet.« (Freud 1904, S. 122)

Von den von Freud behandelten Missverständnissen sind zweifellos die Verleser den Verhörern am ähnlichsten. »In einer übergroßen Anzahl von Fällen ist es nämlich die Bereitschaft des Lesers, die den Text verändert und etwas, worauf er eingestellt oder womit er beschäftigt ist, in ihn hineinliest. Der Text selbst braucht dem Verleser nur dadurch entgegenzukommen, dass er irgendwelche Ähnlichkeit im Wortbild bietet, die der Leser in seinem Sinn verändern kann. Flüchtiges Hinschauen, besonders mit unkorrigiertem Auge, erleichtert ohne Zweifel die Möglichkeit einer solchen Illusion, ist aber keineswegs notwendige Bedingung für sie.« (Freud 1904, S. 173)

Zusammengefasst lässt sich sagen, dass Verhörer wie auch andere sprachliche Missverständnisse eine psychologische Seite haben. Es ist kein Zufall, was nicht verstanden wird, und auch kein Zufall, wodurch es ersetzt wird. Vielmehr hängt es von der generellen und situationsabhängigen Einstellungen ab. Auf linguistischer Seite werden solche Missverständnisse z. B. durch komplizierte Wortstruktur oder ungewöhnliche Satzkonstruktionen begünstigt.

Was Verhörer oft noch unterhaltsamer sein lässt als zum Beispiel Versprecher, ist die Tatsache, dass sie gelegentlich richtig abstrus scheinen. Bei Versprechern werden häufig Satzteile oder Silben vorgezogen, falsche Wörter sind oft verwandte Wörter. Beim Verhören ist das eine andere Geschichte. Denn der Sprecher weiß in der Regel, was er sagen will, der Zuhörer hingegen ist den Worten ausgesetzt, unabhängig davon, ob er etwas verstehen kann. Sind die Inhalte neu, ahnt der Hörer vielleicht nicht im Entferntesten, worum es geht. Oder anders formuliert: Die Wahrscheinlichkeit, dass man von dem, worüber man redet, eine Ahnung hat, ist weit höher als die, zu verstehen, was man hört.

Was gerne missverstanden wird: schwierige Konstruktionen, unbekannte Wörter und logischere Lösungen

Die meisten Verhörer basieren darauf, dass ein Wortteil, Wort, Satzteil oder Satz durch etwas anderes ersetzt wird. In dieser Verhörersammlung lassen sich auf die Frage, wann eine solche Substitution stattfindet, bestimmte Tendenzen feststellen.

Ein Wort wird durch ein anderes ersetzt, weil es unbekannt ist. Der Grund beim Kind ist meist der, dass das Wort noch nicht erlernt wurde und es noch keinen Eintrag im mentalen Lexikon dazu gibt. Es kann aber auch schlecht verstanden werden, weil es sich um ein ungewöhnliches und selten verwendetes Wort oder ein Fremdwort handelt. Es ist zwar bekannt, aber ein anderes Wort lag näher.

Auch eine ungewöhnliche Satzkonstruktion kann Schuld am Verlust der Bedeutung des Gesprochenen haben. In der Tat liegen vielen Verhörern »Korrekturen« hin zu einer einfacheren oder logischeren Konstruktion zugrunde. Nachgestellte Adjektiva etwa oder vorangestellte Genitive, wie sie in Liedern aufgrund des Reims gebraucht werden oder in altertümlicher Kirchensprache vorkommen, werden gerne »korrigiert«. So schwebt nicht mehr »jubelnd der Engelein Chor« (da es ja viel gebräuchlicher wäre, »der Chor der Engelein« zu sagen), vielmehr »schwebt Josef den Engelein vor«. Ein schöner, einfacher Hauptsatz. Und logisch obendrein. Schließlich steht Josef wohl in der Rangordnung höher als die Engel.

Auch Imperativsätze (Befehle) und Anreden (Konstruktionen mit »oh« und »der du« oder »Jesu, du Lamm …«) werden oft zu Interpretationsopfern. Die Ursache, vor allem bei den kirchlichen Anreden und Bitten, könnte darin liegen, dass sie alltagssprachlich kaum vorkommen (wer sagt schon: »Oh Herr, der du …«?). Außerdem führen phonologische Gesetze dazu, dass bestimmte Teile zusammengezogen werden, wenn etwa ein einziger Laut allein steht.

Eine einfache Lösung wird auch gesucht, wenn Partizipialkonstruktionen durch andere Wörter – und da vor allem immer wieder durch Namen – ersetzt werden. Eine

Ursache könnte sein, dass diese grammatische Spezialität im Spracherwerb an späterer Stelle steht und vor allem charakteristisch für die geschriebene Sprache ist. Genauso ergeht es dem Konjunktiv. Im Alltag selten gebraucht und oft nicht richtig gesprochen weicht der Konjunktiv eines Verbs dem Indikativ eines anderen Wortes. Das führt zu Formulierungen wie »Gegrüßet heißt du, Maria«, auch wenn dieser Satz nicht ganz logisch scheint.

Die ungewöhnliche Betonung eines Wortes, etwa in einem Lied, kann auch zur Ersetzung durch ein »richtig« betontes Wort führen, ein Dialektwort durch ein hochsprachliches. Auch Sprachenmix, wie etwa in Falcos »Jeannie«, führt mitunter zu Missverständnissen. Allerdings kommt es umgekehrt auch vor, dass in einen englischen Text kurzerhand ein deutsches Wort eingesetzt wird, weil das englische unbekannt ist und erst der Verhörer zum Sprachenmix führt (z. B. in »Don't Menschen eat«).

Was das Verständnis darüber hinaus behindert, ist, wenn der »Kanal«, also das Medium, über das kommuniziert wird, das Verstehen erschwert und schon das rein akustische Hören beeinträchtigt wird, etwa durch rauschende Übertragung im Radio, Fernsehen oder das Mikrofon bei einem Liedvortrag.

Nicht zuletzt gibt es auch eine Reihe phonetisch-phonologischer Gründe, weshalb ein neues Wort bzw. eine neue Bedeutung konstruiert werden kann, etwa dass einzelne Laute zusammengezogen werden oder die Aussprache einfacher ist, etwa bei »Umfall«. »M« und »f« werden im Mundraum mit den Lippen gebildet, während das »n« mit der vorderen Zunge hinter den Zähnen artikuliert wird. So wird diese Variante vermutlich auch lieber gehört und dann auch gleich einer inneren Logik unterzogen – wenn jemand umfällt, kann es sich ja durchaus um einen »Umfall« handeln!

Hier ist es interessant, zu wissen, dass der Spracherwerb eines Kindes von verschiedenen Gesetzmäßigkeiten geprägt ist. So gibt es phonetische Regeln, z. B. dass offene Silben zuerst erlernt werden (z. B. Ma-ma), weil sie einfacher zu sprechen sind. Außerdem werden bestimmte Konsonanten (g, r) später erworben als andere, leichter zu bildende (z. B. d).

Eine Trennung oder Aufschlüsselung, wann nun welcher Fall genau zutrifft, ist kaum möglich. Fast immer treten mehrere Verhörerursachen gemeinsam auf. Nach diesen Überlegungen wird auch deutlich, warum etwa die Kirche einen so großen Fundus an Verhörern bereitstellt – viele Komponenten treffen zusammen: Es kommt eine veraltete Sprache zum Einsatz, ungebräuchliche Wendungen, abstrakte Begriffe und Metaphern. Die Satzkonstruktion entspricht oft nicht der Alltagssprache. Erschwert wird das Verständnis dann vielleicht noch durch das Mikrofon, durch das ein (nuschelnder?) Priester spricht, und die in Texte verwaschender Routine gesungenen Lieder.

Interessant ist allerdings auch, dass oft gerade die »schwierigen« Begriffe oder Konstruktionen auch umgekehrt aktiv bei einem Verhörer wieder eingebaut werden können: Klar, in der Kirche ist nicht alles logisch, und eine Anrede gehört offenbar dazu. Also heißt es: »Wir bitten dich, Herr, höre uns!«

Was gerne gehört wird: Konkretes und Unmögliches

Das Erlernen der Muttersprache wird natürlich stets durch das, was das Kind hört, beeinflusst. Die Personen, mit denen das Kind den engsten Kontakt hat, prägen sein Vokabular, und zwar nicht nur durch ihre eigene Sprache, sondern durch das Umfeld, in dem sie sich bewegen und das sie mitprägen. Die Sprache trägt zum Begreifen der Umwelt bei und vice versa. So bestimmt den frühen Wortschatz eines Kindes, was es beschäftigt und umgibt. Und was ist der Alltag eines Kleinkindes? Familie, Haus und Umfeld, etwa der Beruf der Eltern, die Erlebnisse und Kontakte mit anderen Kindern. Was das Kind aufnimmt, wird sofort in Bezug zu seinen bisherigen Erfahrungen gesetzt. Ist ein Wort noch nicht bekannt, wird es schnell einmal durch Vertrautes ersetzt. Das betrifft auch Wortteile, z. B. in »Mamalade« oder »Mamakuchen«. Gehört wird, was in die Welt des Kindes eingeordnet werden kann. Die Beispiele im Buch bestätigen die Vorliebe zum Konkreten: Statt abstrakter oder ungewöhnlicher Begriffe und Ausdrücke wird Gegenständliches verstanden, etwa wenn das Christkind ganz konkret »mit seinem Besen« statt des abstrakten »Segen« in jedes Haus (ein)kehrt. Dazu kommt meist noch eine verblüffende Logik, in die der Verhörer gestellt werden kann, hier etwa: Klar, vor Weihnachten wird geputzt. Warum sollte das Christkind nicht auch mit dem Besen durch die Wohnung fegen? Solange dieses Weltbild nicht erschüttert wird, lässt sich die selbst konstruierte Bedeutung beibehalten.

Geht man nun allein davon aus, dass Kinder lieber Konkretes, Bekanntes und in ihrer Welt Verankertes hören, könnte man nicht erklären, warum oft Wörter auftauchen, die es gar nicht gibt. Weshalb Kinder an so genannten Unwörtern wie »Gingerlein« manchmal sogar dauerhaft festhalten, ist aber durchaus erklärbar. Denn irgendwann wird alles zum ersten Mal benannt, und wenn es einen Musikanten gibt, warum sollte es keinen »Musidenten« geben, vor allem, wenn es doch auch Studenten gibt? So vieles in der Welt des Kindes ist neu und unverständlich. Die Bereitschaft, Unerklärliches als gegeben hinzunehmen, ist bei Kindern somit noch recht groß (Bond 1999).

Der Wortschatz wird so ständig erweitert und kaum ein Wort erscheint anfangs unmöglich. Dass es von bestimmten Wortbildungsgesetzen (z. B. dass es im Deutschen keine Wörter gibt, die mit dem Konsonantencluster »srb« oder mit »krs« beginnen) auch Ausnahmen gibt, weil Eigennamen oder Fremdwörter in das Vokabular einfließen, wird ebenfalls gelernt. Eigennamen können also bestimmte Wortbildungsregeln, selbst wenn sie schon erlernt wurden, brechen. Das mag ein Grund sein, weshalb diese so gern verstanden und anstatt eines nicht ganz so geläufigen Wortes eingesetzt werden. Der Einsatz von Eigennamen kann darüber hinaus noch durch ganz persönliche Erfahrungen geprägt sein. Vielleicht ist, wenn statt »Wenn die Dudelsackpfeifer spielen« »Wenn die Trude sagt: Pfeifenspiel« verstanden wird, die besagte Trude die große Schwester oder die tonangebende Kindergartentante?

Noch mal zusammengefasst: Am häufigsten werden Namen eingesetzt, ein bekanntes Wort für ein unbekanntes gehört, ein abstrakter Begriff durch einen konkreten substituiert oder die Satzkonstruktion vereinfacht. Zur Verfügung steht, abgesehen von Neukonstruktionen, der lexikalische Fundus. Der wird aus dem Erfahrungsschatz von Kindern gespeist. Da geht es typischerweise um Mama und Papa, ums Essen, um Tiere.

Die Hartnäckigkeit der Verhörer

Was die Beschäftigung mit Verhörern, wie sie in diesem Buch zu finden sind, erschwert, ist, dass es hier großteils nicht um perzeptive Missverständnisse geht. Das bedeutet, die Verhörer, mit denen sich diese Sammlung befasst, sind nicht nur ein einziges Mal geschehen und wurden dann durch Nachfragen korrigiert. Nein, es handelt sich um dauerhafte Missverständnisse, die eine Zeit lang beibehalten wurden, weil die Bedeutung, die dazu konstruiert wurde, nicht störend war. Oder das Missverständnis wurde als Unverständlichkeit schlicht und einfach oft bis ins Erwachsenenalter akzeptiert.

Diese zu sammeln ist eine Herausforderung, denn entweder liegen sie so weit in der Kindheit zurück, dass wir sie vergessen haben, oder aber wir halten immer noch daran fest, dass es »Heinz« statt »hands« heißt, wenn beim Fußball Handberührung stattfindet, und wir wurden über dieses sprachliche Missverständnis nie aufgeklärt.

Die Tatsache aber, dass es so viele solche Fälle gibt, beweist, dass nicht nur akustisch gehört und in das sprachliche Wissen eingeordnet wird, sondern dass Sprachperzeption (Wahrnehmung) ein sehr aktiver Vorgang ist, bei dem viel kombiniert und interpretiert wird. Eine phonologische Information trifft auf die Ohren, aber dann geht es erst richtig los. Dann wird unbewusst verglichen, hierarchisiert, nach Wahrscheinlichkeiten abgewogen, und erst am Ende, und doch nach erstaunlich kurzer Zeit, versteht der Hörer, was der/die andere eigentlich meint. Oder auch nicht. Dann hat etwas anderes mehr Sinn ergeben.

»Das ist unfair wegen dem Zebra«

WAS LEIDER DRAUSSEN BLEIBEN MUSSTE

Das ist unfair wegen dem Zebra

Selbst im dicksten Buch steht immer noch viel weniger drin, als draußen bleiben muss, *oder* anders: Die diesem Büchlein zugrunde liegende Sammlung war viel umfangreicher, die Zahl der mir zugetragenen Beispiele viel größer als jene, die letztlich Einzug finden konnte. Eine Ab- und Eingrenzung war notwendig. Die Auflistung, was in diesem Büchlein nicht zu finden ist, gibt mir aber die Möglichkeit, doch noch ein paar der aussortierten Beiträge unterzubringen. Was musste also draußen bleiben?

>>Anderssprachige Verhörer. Leider, das würde den Rahmen sprengen. Sie kommen also nicht vor: all die »Magic Mondays« von den Bangels (Manic Mondays), Janis

Joplins Bitte um »Mercy Dispens« (Mercedes Benz), die Ameisen-Freunde von Bob Dylan (»the ants are my friends« statt »the answer my friend«), die schielenden Bären (»and gladly the crosseyed bear« statt »and gladly the cross I'd bear« in einem englischen Kirchenlied), das Pony auf der anderen Seite des Ozeans (»my Pony is over the ocean« statt »my Bonnie lies over the ocean«), der »Braune Pinguin« (»braun'ger Pinguin« statt »Brown girl in the ring«) oder die Tränen von »Marge und Tina« (»Don't cry for me, Marge and Tina« statt »… Argentina«). Die Vengaboys werden in diesem Buch auch nicht Pizza essen (»We are going to eat pizza« statt »We are going to Ibiza«) und Jonathan Livingston Seagull darf seinen Namen behalten und wird nicht zur Frage: »John! Are they living and see girls?« So, damit habe ich doch noch ein paar meiner englischen Lieblingsverhörer untergebracht. Hat es wer bemerkt? Dabei bleibt es leider. Aber zum Trost sei verraten, dass es hier jede Menge Literatur und auch einige Sites im Internet gibt. Einige davon sind am Ende des Buches angeführt.

>> Wenn zwar die Bedeutung falsch, das Wort aber richtig verstanden wurde. Hier habe ich besonders viele Beispiele erzählt bekommen, vielleicht lässt sich damit auch einmal ein eigenes Buch füllen. Mutter und Sohn stecken Schienen für eine Eisenbahn zusammen. Plötzlich der Bub: »Gib mir noch eine harte Schiene, eine weiche (eine Weiche) hab ich schon.« Georg Danzer singt in »Jo, da Foi wiad imma kloara« (für alle, die schon das nicht verstehen: »Ja, der Fall wird immer klarer«) » … heite obend gibt's kann fora mehr«. »Es gibt keinen Fahrer mehr«, haben wohl die meisten verstanden, der arme wird zu Fuß nach Hause gehen müssen.

Im Wienerischen meint allerdings »fora« auch so etwas wie »Aufriss«. Ein anderes Beispiel, ebenfalls aus dem Bereich Dialekt: Der Schüler war ordentlich erstaunt, als die Physiklehrerin im Oberpinzgau fragte, was passiere, wenn man einen Wiener in den Auspuff eines Autos stecke. Tatsächlich sagte die Lehrerin »Weana« und das kann im Oberpinzgau (und nicht nur dort) neben dem Bewohner der österreichischen Hauptstadt auch eine Kartoffelart bezeichnen. »Herr der Schöpfer«, heißt es im Gebet. Das Bild dazu im Kopf des kleinen Jungen war ein Meister über viele, viele Küchenutensilien, zumindest aber über alle Schöpflöffel. Kennen Sie Blumento-Pferde? Nein? Aber vielleicht Blumentopf-Erde? Eine entzückende Geschichte, aber kein Verhörer, ist jene von dem Mädchen, das dem Vater in der Früh Papier brachte, weil er wie jeden Morgen beim Gehen nach seinen Papieren verlangte. Ein anderes Beispiel stammt von einem in Österreich lebenden Holländer: Er lobte dereinst das »strapazierte Haar« einer Frau. Die Ursache für diesen Fauxpas: Auf den Shampoo-Flaschen waren stets Frauen mit den schönsten Frisuren zu sehen und daneben stand »für strapaziertes Haar«. Und Johannes W. berichtet, dass ihm die Gebetszeile »du hast unter uns gewohnt« in jungen Jahren Grund zum Grübeln gab: »Ich wunderte mich immer, denn unter uns hat nie jemand gewohnt. Wir lebten im Erdgeschoß.«

>> Wenn es sich offensichtlich nicht um einen langfristigen, sondern um einen momentanen Verhörer handelt: Großes Gelächter folgte, als die irritierte Nachfrage ergab, dass aus »unfinanzierbar« »das ist unfair wegen dem Zebra« wurde. Und ein anderes Beispiel: Der Vater kommt mit seiner 3-jährigen Tochter Lisa bei einem

Wildschweingehege vorbei. Der Besitzer ist gerade dabei, mit der Mistgabel Futtergemüse über den Gehegezaun zu werfen. Lisa: »Mann, was wirfst du denn da den Schweinchen über den Zaun?« Vater (leise): »Lisa, da sagt man nicht ›Mann‹, sondern ›Entschuldigen Sie bitte!‹« Lisa (laut): »Wieso, heißt der Tschulzi?«

≫ Versprecher: Darüber gibt es viel Literatur. In meinem Korpus musste ich auf die ausgesprochen netten »gefüllten Ausparkscheine« (ausgefüllte Parkscheine) verzichten, weil sie offensichtlich nur ein Versprecher sind.

≫ Wenn es sich um Verleser handelt: Laut István Ráth-Végh kam Napoleon III. zur Zahl hinter seinem Namen, weil es in einem Manuskript des Aufrufs zum Staatsstreich geheißen habe: »Also sei die Parole: Es lebe Napoleon!!!« Die drei Rufzeichen wurden vom Setzer als III interpretiert und in der Folge konsequent beibehalten. Einen mittleren Napoleon II. freilich hatte es nie gegeben (Henschel, S. 468). Was zum Teufel ist ein »Skizzendrum«, fragte sich eineinhalb Jahrhunderte später jemand, bevor er verstand, dass da »Skizentrum« stand. In einem anderen Fall wurde beim Spielen von »Activity« statt einer Parkuhr ein Parcours dargestellt. Und auf die Frage, was der Sohn trinken wolle, kam einst die Antwort: »ein Zup«. Das gab den Eltern einiges zu rätseln auf, bis sie schließlich erkannten, was ihr Sprössling begehrte: ein 7up.

≫ Wenn es sich um offensichtlich erfundene Wortspiele handelt. Die sind zwar oft lustig, aber eben hier nicht Thema. Viele solcher Wortspiele sind vom Stammtisch im Gasthaus Annaberg bekannt, wo Theaterkritiker und

Schriftsteller Hans Weigel zwischen 1945 und 1970 eine Reihe illustrer Schauspieler um sich versammelte. Da wurde die »Geheimpolizei« zu »Geh heim, Polizei!«, »liebreiche Mädchen« zu »Lieb reiche Mädchen« und die »Habsburgerwarte« zur Aufforderung an den Thronfolger: »Habsburger, warte!«

>> Wenn es sich um sprachliche Kreationen handelt, die zwar entzückend sein können und sehr viel aussagen über die bildhaften Assoziationen von Kindern, aber eben keine Verhörer in der grausamen Einschränkung dieses Büchleins sind: zum Beispiel »Strandgemüse« (für Meeresfrüchte), »Sauerdinos« (für Dinosaurier), »Löwenzahntiger« (für Säbelzahntiger) und »obdachlose Autos« (für Cabrios).

»Just am End«

DANK

Der Großteil der Beiträge für dieses Buch wurde mir persönlich erzählt oder gemailt. Viele stammen aus meinem unmittelbaren Bekanntenkreis, ein guter Teil wurde mir infolge zweier Inserate in der Wiener Stadtzeitung »Falter« und über unsere Homepage www.diekeulquappen.at zugetragen.

Darüber hinaus habe ich auch Beiträge aus dem Internet zusammengesucht, etwa von den Verhörer-Diskussionen auf www.derstandard.at und auf www.blackbox.net, aus Büchern zitiert und von Zeitungskommentaren geborgt.

Soweit mir bekannt ist, sind in diesem Buch Beiträge von folgenden Menschen zu finden:

Adelheid W., Alex A., Alex E., Alexander B., Alexander S., Alexandra M., Alexandra P., Alfred K., Amanda C., Andrea K., Andreas G., Andreas V., Angela S., Annabel A., Arthur L., Axel G., Axel H., Barbara G. , Barbara P. , Bernd B., Bernhard E., Bernhard H., Bertold J., Carolyn O., Christian F., Christian H., Christoph S., Claudia K., Claudia M., Clemens S., Corinna M., Cornelia H. , Daniel G., Dieter H., Doris E., Doris P., Doris S., Elias W., Eva K., Eva M., Florian G., Florian K., Georg F., Gerlinde P., Gertraud F., Girolamo S., Gottfried L., Gudrun P., Günther D., Hannah G., Hannes W., Hans M., Harald P., Heidi S., Hermann R., Hikaru S., Irmgard N., Jan M., Joachim B., Johannes K., Johannes N., Johannes W., Julia D., E., Jurrien W., Karin Z., Karina B., Karl-Gerhard St., Katharina J., Kathi T., Katrin A., KHG, Krischan L., Leah W., Lee St., Lisi G., Lisi P., Manuela L., Margarethe S., Maria P., Maria W., Marijan R.,

Marion D., Marion W., Martin A., Martin H., Martin K., Martin P., Martina A., Matthias St., Michael H., Mike C., Nicole D., Nicole K., Norbert W., Paul H., Peter K., Peter R., Rainer W., Ralph W., Regina H., Richard K., Robert Sch., Rudi St., Rufus E., Sabina K., Sabine K., Sabine R., Sebastian P., Selma St., Simone H., Stefan B., Stefan E., Stefan F., Stefan K., Susanne G., Susanne Sch., Susi R., Sylvia E., Tanja L., Thea D., Thomas M., Thomas P., Thomas S., Tina Z., Vera S., Verena A., Verena K., Walter B., Werner Sch., Wolfgang Sch.

Ihnen allen und auch all jenen, die sich nicht in dieser Liste wiederfinden und dennoch am Entstehen des Büchleins beteiligt waren, sei nochmals ganz, ganz herzlich gedankt.

LITERATUR UND INTERNETSITES ZUM THEMA VERHÖRER

Literatur zum Thema

AHRENS, Wilfried: Der Geschädigte liegt dem Vorgang bei oder die besten juristischen Stilblüten. München 2001.

ANKOWITSCH, Anko: Briefe aus dem Bergwerk der ZEIT. Frankfurt am Main 1998.

BOND, Z. S.: Slips of the Ear: Errors in the Perception of Casual Conversation. San Diego: Academic Press 1999.

CUTLER, A.: »Foreword«, in: Bond, Z. S.: Slips of the Ear: Errors in the Perception of Casual Conversation (S. XIII–XV). San Diego: Academic Press 1999.

DÖNHOFF, Marion Gräfin: Kindheit in Ostpreußen. Berlin 1988.

EDWARDS, Gavin: Scuse Me While I Kiss This Guy and Other Misheard Lyrics. New York 1995.

EDWARDS, Gavin: He's Got the Whole World in His Pants and More Misheard Lyrics. New York 1996.

EDWARDS, Gavin: When a Man Loves a Walnut and Even More Misheard Lyrics, New York 1997.

EDWARDS, Gavin: Deck the Halls with Buddy Holly and Other Misheard Christmas Lyrics. New York 1998.

FREUD, Sigmund: Zur Psychopathologie des Alltagslebens. Frankfurt am Main 2000 (1904/1941).

HACKE, Axel / SOWA, Michael: Der weiße Neger Wumbaba. Kleines Handbuch des Verhörens. München 2004.

HEBEL, Peter: »Missverstand«, in: HENSCHEID, Eckhard / HENSCHEL, Gerhard / KRONAUER, Brigitte: Kulturgeschichte der Missverständnisse. Studien zum Geistesleben. Stuttgart 1997 (Leipzig 2000), S. 259–264.

HENSCHEID, Eckhard / HENSCHEL, Gerhard / KRONAUER, Brigitte: Kulturgeschichte der Missverständnisse. Studien zum Geistesleben. Leipzig 2000 (Stuttgart 1997).

LEUNINGER, Helen: Reden ist Schweigen, Silber ist Gold. Zürich 1993.

MALE, Eva: »Maria zu McDonald's ging«, in: »Die Presse«, Spektrum vom 13. 12. 1997.

MERINGER, Rudolf / MAYER, Carl: Versprechen und Verlesen: Eine psychologisch-linguistische Studie. Wien, Stuttgart 1895, neu aufgelegt Amsterdam 1987.

MERINGER , Rudolf: Aus dem Leben der Sprache: Versprechen, Kindersprache, Nachahmungstrieb. Berlin: B. Behr 1908.

MORITZ, Karl Philipp: Anton Reiser. Ein psychologischer Roman, 2. Teil. München 1987 (Berlin 1786).

PANY, Peter: Heiteres Nachschlagewerk für Notenkäufer, Notenverkäufer und solche, die es noch werden wollen. Aus: Die allerwertesten Klassiker und Romantiker. Wien und München: Ludwig Doblinger 1991.

PAUSER, Susanne / RITSCHL, Wolfgang: Wickie, Slime und Piper. Das Online-Erinnerungsalbum für die Kinder der siebziger Jahre. Wien u. a. 1999.

VOSS, Bernd: Slips of the Ear. Investigations into the speech perception behaviour of German speakers of English. Tübingen: Gunter Narr Verlag 1984.

Verhörer im Internet

Im World Wide Web finden sich allerlei Seiten zum Thema Verhörer, allerdings nur Weniges auf Deutsch. Hier sind einige der interessantesten Sites:

Der Klassiker zum Thema missverstandene Songs:
http://www.kissthisguy.com

Jon Carroll hat zwischen 1995 und 2003 über ein Dutzend Kommentare im »San Francisco Chronicle« dem Thema Mondegreens gewidmet:
http://www.sfgate.com/columnists/carroll/mondegreens.shtml

Allerlei Beiträge zu falsch verstandenen Liedtexten und auch weitere Links:
http://www.amiright.com/misheard/

Die Site von Mondegreen-Sammler Gavin Edwards:
http://www.rulefortytwo.com/mondegreens.htm

Wer an Theorie interessiert ist: »Slips of the Ear« von Z. S. Bond, Professor an der Ohio University. Eine Kurzversion seines Buches über Verhörer:
http://oak.cats.ohiou.edu/~bond/Slips.htm

Schnelllebig, wie das Internet ist, können die angegebenen Seiten natürlich schon bei Erscheinen dieses Buches wieder offline sein. Umgekehrt tauchen in den unendlichen Weiten des Internets ständig neue Sites zum Thema auf. Wer sich selber auf die Suche nach Verhörern machen möchte, dem seien im Englischen neben den Begriffen »Mondegreens« und »Slips of the Ear« auch »Music Ear Disturbance«, »chronic lyricosis« und »Litellas« empfohlen.

Noch mehr Verhörer?

Sie wissen von Verhörern, die sich nicht in diesem Büchlein wieder finden? Für Zusendungen bin ich dankbar. Vielleicht tragen Sie dadurch zu einer erweiterten Neuauflage oder einer Fortsetzung bei.

Verlag C. Ueberreuter GmbH
Kennwort »Sachbuch – Verhörer«
Alser Straße 24
A-1091 Wien

oder schicken Sie direkt eine E-Mail unter

roman@diekeulquappen.at
Internet: www.diekeulquappen.at